一本值得你用心灵去阅读的书

一本值得你用心灵去阅读的书

废墟上的蓝马甲

廖新波和广东医疗队的汶川传奇

孙周 著

南方日报出版社
NANFANG DAILY PRESS
中国·广州

图书在版编目（CIP）数据

废墟上的蓝马甲 ：廖新波和广东医疗队的汶川传奇 / 孙周著.—广州：南方日报出版社，2008.8
ISBN 978-7-80652-777-1

Ⅰ.废… Ⅱ.孙… Ⅲ.①报告文学—中国—当代②医药卫生人员—抗震救灾—英雄模范事迹—中国—2008 Ⅳ.I25

中国版本图书馆 CIP 数据核字（2008）第 114085 号

废墟上的蓝马甲——廖新波和广东医疗队的汶川传奇

著　　者：孙　周
策　　划：丘克军　周山丹
责任编辑：丘克军　周山丹
书籍装帧：邓晓童　肖晓文
责任技编：吴　涛
责任校对：阮昌汉
出版发行：南方日报出版社
地　　址：广州市广州大道中 289 号　**邮编**：510601
电　　话：（020）87373998-8502
经　　销：全国新华书店
印　　刷：广东信源彩色印务有限公司
开　　本：889mm×1194mm　1/32
印　　张：8.75
字　　数：200 千字
印　　数：13001—33500 册
版　　次：2008 年 8 月第 1 版
印　　次：2009 年 4 月第 4 次印刷
定　　价：25.00 元

投稿热线：（020）87373998-8503　读者热线：（020）87373998-8502
网址：http://www.nanfangdaily.com.cn/press　http://www.southcn.com/ebook

目录

序

在这里，读懂人生价值

丘克军

不确定的22天

2008年上半年，在国民图书阅读率逐年下降（1999年60.4%，2003年51.7%，2005年48.7%，2007年34.7%）的阴影下，我还是精读了两本书。一本是已出版的纳西姆·尼古拉斯·塔勒布的《黑天鹅》（*The Black Swan*），另一本是未出版的《废墟上的蓝马甲》书稿。

当阅读成为习惯，我发现2008年的阅读还有如下轨迹——

2月，我读到《中国国家地理》杂志第2期上的“十大新天府揭晓”专辑，看到了“为何成都天府之冠地位难撼”的原因——“远离灾难的成都”。在天府的地图上，我看到了美丽

的都江堰、汶川、北川……

3月，我从新华网上读到温总理在全国两会期间会见中外记者的答记者问：“今年恐怕是中国经济最困难的一年，难在什么地方？难在国际、国内不可测因素多，因而决策困难。”话语中我们感悟到了事物发展的不确定性。

4月，我读到最新出版的美国证券交易员纳西姆·尼古拉斯·塔勒布的《黑天鹅》。塔勒布说：“黑天鹅的逻辑是，你不知道的事比你知道的事更有意义，因为许多黑天鹅事件正是由于它们不被预期而发生和加剧的。”这种思维逻辑使人们重新审视泰坦尼克号沉没、“9·11”、东南亚海啸等重大事件发生的非逻辑性。

5月，全中国乃至全世界把时间定格在12日下午2时28分。汶川大地震改变了正在进行中的一切！下午2时27分并没意料到的国难在28分发生了！1个小时内，总理已在飞往灾区的飞机上，武警、消防、医疗救援队伍已经在奔赴灾区的路上，亿万人民的目光透过模糊的泪水汇聚在连续一个月直播的中央电视台《抗震救灾，众志成城》的节目上，6月中奥运圣火在四川的传递也改在了8月初……

6月，我读到了第6期《中国国家地理》杂志的《地震专辑》（这时我对第2期的“远离灾难的成都”还记忆犹新）。本期杂志封面文字赫然醒目：“汶川宣告：中国进入地震活跃期。”从当期杂志“封面选择”栏目文章中我们得知：“2008年5月12日，汶川地震发生后，我们（《中国国家地理》杂志社——笔者注）在第一时间将正在郑州、开封等地采访的编辑召回，召开全体紧急会议，决定暂停即将交付印厂的《河南专辑（下）》，全力以赴投入《地震专辑》的制作当中。”“5·12”大地震，改变了即将印刷的《中国国家地理》第6期的主题内容。

5月12日，医护人员一定记得这天是护士节。下午2时28分以前，他们肯定知道他们下午该做什么，明天有哪些安排。2时28分以后，广东医疗系统的111名医护人员已开始做他们从来未想到要做的事情——成立广东医疗队紧急奔赴灾区抗震救灾。他们从没想到他们会在灾区废墟上谱写出可歌可泣的史诗！

当澳大利亚黑天鹅事件强烈地改变人们关于“天鹅全是白的”的信念的时候，经验主义不再占上风，事物的发展是不以人的意志为转移的事实令人们再度思索如何面对未来，不论是亲历地震灾害的人们还是感受到地震灾难的人们。

抗震救灾图书的另一种读法

“5·12”汶川大地震发生后，全国出版

界闻风而动，一本本饱含出版人的感情与心血的“全记录”、“记忆”、“诗集”纷纷面世。唯独缺少那些真实、细腻地描写抗震救灾队伍工作与生活的读物。

摆在面前的《废墟上的蓝马甲——廖新波和广东医疗队的汶川传奇》书稿，令我精神为之一振。

这部书稿用文学的笔触，描写地震发生后，广东省委、省政府、省卫生厅迅速组织了以广东省卫生厅副厅长廖新波为领队的广东医疗队奔赴灾区、挺进映秀、生死救援、艰难生存的传奇故事。本人认为，这是一本可以像读小说一样一口气读下去的书，因为它的情节像小说一样跌宕起伏，它的内容又那样真实感人；而书中大量的现场图片，又让人有一种身临其境的感受。

真实的故事可以跌宕起伏，唯有故事本身的发生具有许多的不确定性，阅读起来出人意料。正如《废墟上的蓝马甲———廖新波和广东医疗队的汶川传奇》一书中的广东医疗队在5月12日下午2时27分前没料到28分后所要做的一切一样：他们到成都后，还不知道会被派往映秀；到了紫坪铺，他们不知道要坐冲锋舟强渡紫坪铺水库、穿越死亡谷、夜宿乱石滩才能前往映秀；到了映秀，他们不知道要在废墟的夹缝里在余震中为伤员做截肢手术，更不知道要分兵“生命孤岛”耿达医疗点并写下“遗书”……广东医疗队在“一切不确定”中的22天救援与生活，的确“前所未有”。

尽管如此，以上仍属于“浅层阅读法”。

其实，这是一本可以细读的书。在阅读过程中，你会渐渐进入“深层阅读法”或“心灵阅读法”。读着读着，你进而会产生共鸣，进行心灵的交流、沟通，读懂其中“人生的价值”——

在短短的几个小时内，来自全省32间医院由111人组成的6支医疗队已经组建完毕。经过精心挑选，队员均为各个医院的业务骨干，技术精湛，有的还是全国、全省知名的专家。

…………

廖新波看着面前的这支队伍，里面既有白发苍苍的博导、教授，也有芳龄二十的年轻医生、护士，一种崇敬之情油然而生。他们中有不少已经是廖新波的老熟人了，有的参加过抗击非典，有的和手足口病作过斗争，有新婚一周的，也有初为人父的。

在短短的几个小时内，广东医疗队组建神速，成为第一支进入灾区的外省医疗队。这111名医疗队员，开始经历人生的一次重大考验。

遗书有两种，一种是因为生命终结的必然性而作出的书面后事安排，另一种是因为生命

终结的可能性或偶然性而作出的书面后事安排。在《分兵耿达》一节里，广东医疗队准备冒死进入“生命孤岛”耿达医疗点的20名队员，就写下了后一种“遗书”——

我的决定也许对不起你和我们的女儿，但是如果我不去，就更对不起我的良心和我的国家。我必须进去，希望你理解……万一我在路上有个三长两短，希望你们能好好过下去……

…………

看着这封“遗书”上的朴实言语，廖新波忍不住摘下眼镜，拭去了流出来的眼泪。他知道队员们报名，并不是为了什么荣誉，而是在生死抉择之前，选择了他们作为医生的天职。

耿达之所以被称为“生命孤岛”，是因为地震发生10多天来，救援人员和物资只能依靠空中运输。广东医疗队在耿达的生存艰难也跃然纸上——

在耿达，他们每天只能喝两餐稀粥，渴了只能接山上流下的山泉水喝。这时的耿达，每晚仍然有十几次余震。帐篷晚上漏雨，大家的衣物都被淋湿，队员们又冷又饿无法入睡，就背靠背坐着打打盹。

在《抢救虞锦华》一节，有这样一个令人

动容的细节——

杨医生半跪着，稳稳地拿起手术刀。为了虞锦华妹子今后能顺利安装假肢，为了她还能站起来走路，他用心消毒、止血，小心翼翼地切除坏死的组织，在不到两平方米的空间里，进行着他平生最艰难、最心痛的手术。

在《废墟上的蓝马甲》里，我们读到的，都是一些细腻感人的故事。读完这些故事，你会感到这些故事在久久地敲击着你的心灵。这也许是这些故事在感染着你，也许是因为你用心灵在阅读这些故事。

确实，在《废墟上的蓝马甲》里，有着许多用心灵写就的故事，让读者用心灵去阅读——

从映秀回来已经近十天了，但汶川映秀的印记却难以抹去。或许这种印记在忙碌的时候可以被淡化，被暂时替代，但当静下来，进入没有人、没有事打扰的梦间，这种印记却总在翻腾。所以，我这些天一直梦见映秀那倒塌的楼，那危险的上游的水库，梦见浸了水的帐篷。所以，我这些天一直梦见那些生死与共的队友，患难与共的兄弟姐妹。回到广东，大家各自分散，这些日子来，你们可好？你们终于在床上睡够了吗？你们吃到红烧肉了吗？梦见

映秀堰塞湖了，水冲向映秀，大家把帐篷转移到了山顶上，看着奔腾的水，在担心安不安全；梦见大家从营地冲出去，去镇里抢救病人；梦见队员们在倒塌的中学的教学楼里穿梭，与那些学生对话……映秀虽然艰苦，但却很简单，简单到每一个有血性的中国人在那里都会把自己献给抗震救灾。那里，人与人之间也好简单，好亲切，大家为了同一目的来到这里，战斗在一起，所以，不分兵民、不分高低，谁见了谁，都会热情地打个招呼、点个头、握下手，那是真切的战地情义啊！好想回到映秀，再为那里做些事……

（摘自广东医疗队队员、广东省卫生厅医政处孙炳刚的博文《梦回映秀》）

当大多数没有去过灾区参加抗震救灾的读者，在求解经历过抗震救灾英雄的内心感受时，《废墟上的蓝马甲》将带你走进他们的内心深处——

是的，每个到过映秀镇的队员，都知道这已经不是一次简单的救援，而是一次灵魂的洗涤。廖新波还记得队员、中山大学附属第一医院的石汉平教授说过的话，他说对一个医生来说，参与抗震救灾比在国外进修几年的经历珍贵得多，在国外是学技术，在这里是净化灵魂。

不用多列举了！广东医疗队的111名医护人员，从20出头的年轻医生、护士，到50多岁的博导，从50后到80后，都经受了重大国难中的生命洗礼！未能亲临灾区救援的读者，相信也会从他们的灾区历练中，感悟到人生的价值。一位医疗队员回到广州后是这样说的——

回到广州没几天，马上回到了正常的工作中，发现这是最好的心理辅导，发现平常的一切都那么美好！

难道这不是人生价值最好的注脚吗？

2008年7月28日

（作者系南方报业传媒集团管委会副主任、副总编辑）

引　言

2008年5月12日14时28分，那一刻不再是一个时间，而是刻在全中国人民心头永远的伤痛；从那一刻起，汶川，也不再是一个地名，而是一次让全世界感动的救援！

一场前所未有的苦难降临，人们对生命有了新的认识，人们在进行艰苦的挣扎……经过苦难洗礼的人们，对苦难进行新的思考。

广东医疗队是一支活跃在汶川地震灾区的优秀队伍，而在汶川震中的映秀镇更有一支由83人组成的“蓝马甲”医疗队。广东医疗队的救援工作得到了中央领导的充分肯定，得到了广东省委、省政府和卫生部的高度评价，得到了灾区政府和群众的由衷赞扬。温家宝总理、吴邦国委员长、贾庆林主席、李长春常委，卫生部陈竺部长、高强书记先后亲临广东医疗队营

地，与队员亲切握手，了解医疗队工作生活的情况，并以“最优秀”、“最有战斗力”等语赞扬他们。

5月19日中午，中共中央政治局委员、广东省委书记汪洋同志直接给广东医疗队总指挥廖新波打来电话。他在电话里说，广东省医疗队及所有在灾区参与抗震救灾的同志们的杰出表现，为全省共产党员和干部群众作出了榜样，得到了中央领导的充分肯定和灾区人民的高度赞扬。省委、省政府感谢你们！全省人民为你们感到骄傲！

7月9日下午4时许，中共中央政治局委员、广东省委书记汪洋，省委副书记、省长黄华华，广东省卫生厅厅长姚志彬等领导前往四川汶川映秀镇考察，参观了粤秀友好医院。汪洋充分肯定了广东医疗队在抗震救灾中的科学救援工作。

2009年1月19日，廖新波等广东抗震救灾医疗队中的14名队员重回映秀，给寒冬中的灾区送去了一股暖流……4月28日，震后一周年之际，“蓝马甲”林荔军、余艳、麦雪霞、杨建成及李强为映秀、耿达村民义诊……

广东医疗队医术精湛、作风过硬，被誉为“医疗铁军”。本书将为你讲述廖新波和广东医疗队的汶川传奇。

第一章　奔赴灾区

灾情就是命令，时间就是生命！“5·12”汶川大地震发生后，广东省医疗队积极响应党中央、国务院和省委、省政府的号召，第一时间奔赴灾区，义无反顾地投入到抗震救灾斗争之中。

1. 地动山摇

5月12日，正是广东手足口病救治工作最为紧张的时候。广东省卫生厅副厅长廖新波刚从手足口病救治工作会议的会场中走出来，就听到了一则令人震惊的消息——据国家地震台网测定，北京时间5月12日14时28分，四川汶川县（北纬31度，东经103.4度）发生了地震，震级为7.8级（后来修正为8.0级）。随后，廖新波便接到了上级的命令，要求做好赶赴灾区进行救治的准备工作。

汶川，对廖新波来说，是一个完全陌生的地方。它位于四川盆地西北部边缘，居阿坝藏族羌族自治州东南部，东邻彭州市、都江堰市，南靠

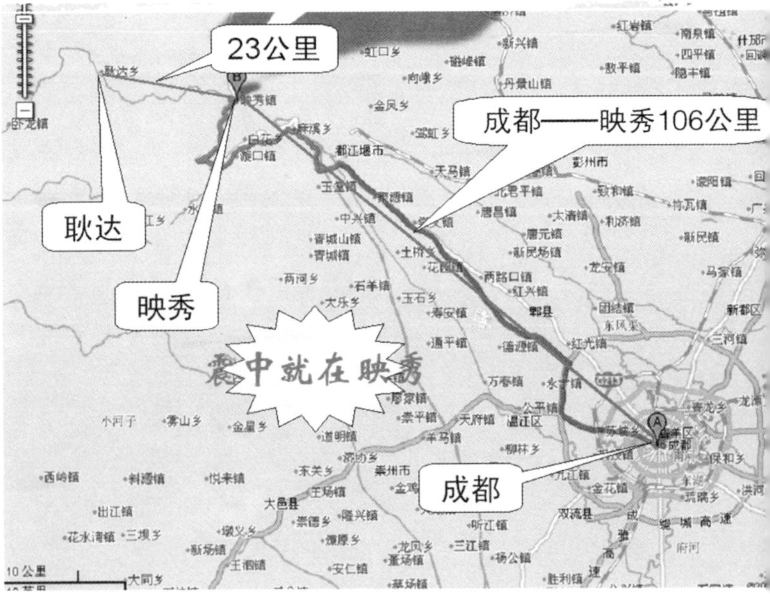

崇州市、大邑县，西接宝兴、小金县，西北和东北分别与理县、茂县相连。县域东西宽84公里，南北长105公里，总面积4084平方公里。县城威州镇位于县境北部岷江与杂谷脑河交汇处，海拔1325米，周围有茶坪山脉、邛崃山脉等众多山体围绕，距成都146公里，国道213、317线穿城而过。

自1963年恢复建县至今，汶川辖6镇8乡，总人口111788人，其中羌族人口29839人，占总人口的26.69%，是我国四个羌族聚居县之一。岷江纵贯县境西部地区，长达88公里，流域面积1429平方公里。全县水能资源丰富，矿产资源和动植物资源富足，旅游资源更是别具一格，拥有卧龙自然保护区、三江生态旅游风景区等自然景观以及禹、羌文化和三国文化遗址等人文景观资源。汶川县既是“中国民族民间艺术之乡——羌绣之乡”，也是动物活化石——大熊猫的故乡，世界上首屈一指的大熊猫研究中心卧龙就在县之西南部。汶川是阿坝州的南大门，也是阿坝州的“工业经济走廊”。

然而，就是这个生机勃勃、风景秀丽的地方，却遭遇了罕见的大地震。地震，是人类面临的最可怕灾难之一，迄今为止，现代科技仍无法对地震作出十分准确的预测，地震所造成的灾难几乎无可避免。1989年10月17日，美国旧金山发生大地震，震级为里氏6.9级，死亡逾300人，20多万人无家可归。1995年1月17日凌晨，日本神户发生了里氏7.2级地震，地震后该地区停水断电，交通瘫痪，共造成数千人死亡，给日本造成的全部损失达数万亿日元。而1976年7月28日发生的7.8级唐山大地震，更让人触目惊心，那是20世纪十大自然灾害之一。唐山市转眼间变成一片废墟，酣睡的人们许多再也看不到清晨的日出。唐山大地震造成242419人丧生，16.4万多人重伤，15886户家庭解体，7000多家庭断门绝烟，3817人成为截瘫患者，25061人肢体残废，遗留下孤寡老人3675位，孤儿4204人，数十万居民转眼变成失去家园的难民。

现在，远在汶川的人们也遭遇到了这种命运。印度板块向亚洲板块俯冲，造成青藏高原快速隆升。高原物质向东缓慢流动，在高原东缘沿龙门山构造带向东挤压，遇到四川盆地之下刚性地块的顽强阻挡，造成构造应力能量的长期积累，最终在汶川地区突然释放。整个地下断层长度达300多公里，断层为单侧破裂，并从起始点的震中汶川开始向东北方向延伸，汶川、北川两地破坏严重。

听到这个消息，廖新波隐隐有一种不安和焦虑。唐山大地震那一幕幕的惨剧，就如同幻灯片一样，显现在他的眼前。从事了那么多年医疗卫生管理工作的他知道，如果缺乏有力的医疗支援，那些从瓦砾里被救出来的人就等于等死、等残；如果没有防疫队伍的即时跟进，次生灾害马上就会出现。公共预防和医务的介入，是救灾的第一要务。这

时，廖新波意识到了救灾的刻不容缓。

也就在地震的当天下午，他突然想起灾区的同行，连忙请广东省委保健办的吕光华第一时间向四川省和重庆市保健局发去了慰问电。四川省和重庆市保健局即复：对廖厅长和保健办的问候表示感谢和敬意！

下班后，广州的夕阳依然灿烂。然而，廖新波已经无暇欣赏属于这个城市的平静和安宁。回到家后，廖新波和妻子说了卫生厅准备参加救援的消息。妻子听了后，很平静。和往常一样，她已经习惯了廖新波这种苦行僧式的生活，从抗击非典到手足口病救治，到其他紧急的或不紧急的医疗救援，也不管是白天还是深夜，她总是默默地给予支持。

这天晚上，廖新波彻夜未眠，牵挂着灾区受害群众。他一边祈祷希望他们平安，一边希望尽快赶赴现场。

2. 网友情深

第二天，距离汶川地震20小时后，廖新波参加完广东省红十字会的接受社会捐赠仪式，匆忙赶回了省卫生厅。省卫生厅会议室里，已经聚集了厅党组的所有成员。他们正在忙碌地研究如何落实国务院和卫生部的指示，组建医疗队到汶川参加救灾。会议进展得很顺利，大家都想尽快派出医疗队，火速赶赴现场参加救治工作。

当时的汶川牵动着多少中华儿女的心！广东省卫生厅副厅长廖新波在2008年5月13日12时56分的博客中详细记录了这样一个故事：

汶川地震20小时后，我们厅参加广东省红十字会的接受社会捐赠仪式后，厅党组正在研究如何落实国务院和卫生部的指示，组建医疗队。这时候，我的一位朋友打来电话：你在哪里？我说：我们正在开会。“为什么你们还坐在这里开会？”“为什么不派医疗队支援灾区？”我告诉他，我们正在开会讨论医疗队的事情。最后，他命令我：赶快，你们赶快出发！

多么热心肠的朋友啊！这不仅仅是他的期望，也是广大广东人民的心愿！

我可以告诉这位朋友，我们准备着，我们已经准备好了！我们的医疗物资已经随着救灾部队的飞机上路了！只要上面一声令下，我将不辱使

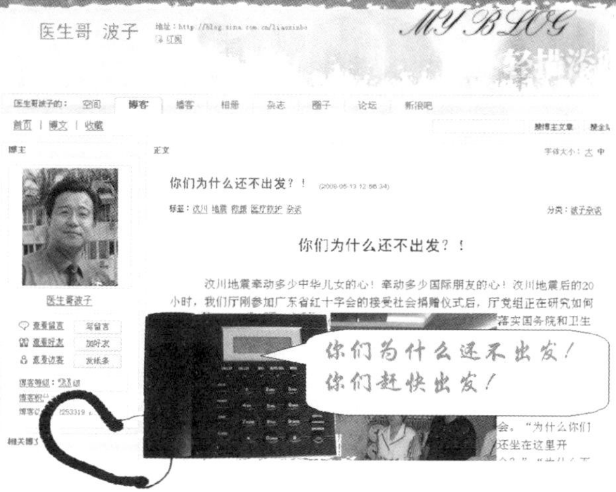

命，带领广东6支医疗队奔赴灾区，与灾区人民、与全国人民一起全力展开医疗救护和灾后重建的艰苦战斗！

我们现在就想出发了！广东人民期盼着我们！灾区人民期盼着我们！但是由于灾情严重，道路完全阻断，我们没有办法！我们还要听从指挥部的命令！

真是：蜀道之难，难于上青天！但是，现在有全国人民万众一心、众志成城，有汶川人民坚强的信念和毅力，我们一定可以修复一条幸福大道的！天灾一定可以战胜的！

这篇博客引起了众多网友的关注，跟帖如潮。

一位署名喃静的网友这样说：

一切行动听指挥！温家宝总理说：早进灾区一秒，可多救一人！

飞来的横祸，使我们在瞬间蒙了，也使灾区在瞬间成为废墟！但很快，在党中央的领导下，

YANGCHENG EVENING NEWS

2008年5月12日14时28分，四川汶川大地震

广东首批救援物资启运

汪洋黄华华紧急指示
广东医疗队随时赴灾区

紧急呼吁 行动起来
请向灾区伸出援手

北川绵竹和都江堰
墙倒屋塌山体滑坡
道路中断救援人员物资受阻

救援兵力伞降汶川
今晚打通震中道路
"北斗一号"正保障卫星通话

广东公安四百特警
今早出发急赴灾区
消防战士也已集合待区域增援

广东各地普遍有感
没有造成人员伤亡

我们树立起了战胜天灾的信心。可是当我们看到被压在瓦砾中苦苦等待救援和已经停止了呼吸的孩子，看到地震后失去亲人、无家可归的灾民，看到遍体鳞伤需要医治的群众，我们怎能不心碎和焦急??

我们责无旁贷！我们义不容辞！我们要与灾难拼搏，与死神抢时间，挽救更多灾区人民的生命，帮助他们重建家园！

我相信：明天会更好!!

一位叫蕾蕾的朋友这样说：

厅长，你好，我也是一名医务工作者，虽然工作在粤北山区（二甲中医院），但爱国爱家是没有地域性的。看到灾区新闻的滚动播放，实在忍不住，打电话给卫生厅的应急办主动要求加入医疗队，却被婉言拒绝。我是一名骨外科的主治医生，我的专业应该得到发挥，可惜我资格不够，只能干着急！我可以自费去，但却报国无门。急急急!!! 希望厅长能看到我的留言。

廖新波意识到，网友的留言代表了许多人的心声，代表了人们对广东医疗队的期望。但其实着急的并不仅仅是这些朋友。此时，省委、省政府也迅速采取了行动。地震发生不久，中共中央政治局委员、广东省委书记汪洋和广东省省长黄华华就已经发出了“立即成立抗灾医疗队，随时出发”的指示。在省卫生厅里，领导们也高度重视，会后立即命令组派医疗队，随时赶赴灾区。一切都已经箭在弦上。

3. 紧急出发

他们在紧急行动！在广东省卫生厅，各项工作如火如荼地进行着，传真和电话一刻也没有停息。组建医疗队的通知发出去了，省内各大医院的领导们都非常重视，医院里的医务人员也异常踊跃，纷纷主动报名。在短短的几个小时内，来自全省35间医院由111人组成的6支医疗队已经组建完毕。经过精心挑选，队员均为各个医院的业务骨干，技术精湛，有的还是全国、全省知名的专家。与此同时，厅里调配的大量药品、物资也已经迅速到位。

万事齐备，只欠东风。卫生厅抗震救灾救援会议在进行中。这时，廖新波站了起来，他向厅领导提出了担任医疗队领队的请求。“我身体好，医疗救急又是我分内的事情。”他说，“我担任领队是义不容辞的责任，请相信我，我一定可以完成这个任务。”大家凝视着语气如此坚定的他，仿佛他那种坚韧不拔、憨直的表情把大家带到了以往的工作中。他拥有30年工作经验，具有丰富的医院管理经验和扎实的理论根基，他的政治敏锐性和扎实的工作作风使人们敬佩不已。他更是众多医护人员和百姓爱戴的开明领导。在紧要关头，他总是能挺身而出，身先士卒，总是能够很好地完成任务。他干一行专心研究一行，尤其在医院管理和医疗改革上，他已经是全国闻名的风云人物了。他干练和踏实的工作作风给人留下了深刻的印象。在这次特大灾害面前，他，一定可以胜任！的确，他是厅里执行此项任务的最佳人选。党组经过协商，同意了廖新波的请求，并任命他为广东医疗队领队。

谁都知道，这是一个光荣而艰巨的任务！

这时候，他在深圳的妹妹知道他将要带队到灾区，给他发来了信息：“何时起行‘走蜀道，上青天’？妈这里你放心，好好干！这是次锻炼机会。”今年52岁的廖新波，他的母亲已有70多岁了，最近不慎摔断了胳膊，正在恢复。廖新波由于平时工作特别忙，少有时间照顾老母亲，都是由他妹妹负责照顾。母亲和妹妹再一次的支持，使廖新波又多了一分内疚。但是，他没有时间去梳理这些儿女情，他坚定了奔赴灾区的决心，唯有在心中祝福母亲早日康复！

一切准备工作完成后，医疗队基本上已经处

于战备状态，随时准备整装待发。但是，这时仍未接到出发的命令。廖新波手捧着饭盒，边吃边看着电脑屏幕，似乎在寻找什么。在寻找震中？在了解灾区救灾的情况？或是寻找如何做好灾区救援的准备？一切都是可能的！

当他把医疗队准备出发的信息告诉身处成都的朋友的时候，他们异常激动地说："昨天到今天还是余震不断，还下起了雨，整夜没睡！极度需要慰问！听说你来，我们都很感动！""太好了！我们等待着你们的到来。"是的，同胞有难了，廖新波的心情与国人的心情一样，他心里在嘀咕着，为什么还没有出发的命令呢？他急得像热锅上的蚂蚁团团转。最后他还是按照自己的生活规律，抓紧时间去游泳，借此稳定焦急的心。其实，在水中他哪里在专心游泳呀，冰凉的水并没有使他"冷静"下来，他边游边想："什么时候出发呢？"突然，"主动出击"四个字浮现在他的脑海。于是他马上出水，给卫生厅党组书记黄小玲同志打了电话，着急地说："书记，时间就是生命，我们不能按兵不动，应该主动与卫生部联系。您是否可以直接向高强书记请战？"黄小玲书记也是具有多年工作经验的老同志，她非常赞同廖新波的提议，马上与陈啸宏副部长取得联系。卫生部指示："只要你们自己解决交通问题就可以马上出发到成都。"这时候，是汶川大地震后的第24小时，全国上下一片紧张。由于交通管制，飞抵成都的航班大部分已经取消了。广东省卫生厅即刻向省委、省政府汇报情况，省委、省政府办公厅积极努力与南方航空公司直接沟通和落实。在省委、省政府办公厅直接指挥和协调下，专机落实了。

"你爸爸和我爸爸等111名医护人员，跟着医生哥波子参加了广东省医疗队，去四川救死扶伤。结果他们全部患了便秘。不信，你去医生哥波子的博客看看。"

5月13日傍晚，队员们正在忙着。他们有的刚下手术台，有的刚刚接诊完病人，也有的从外地赶回来。他们在紧张地收拾行装，准备药品和器械。这时候的廖新波更是忙得不可开交了，他刚刚从外地检查完工作，又要组织医疗队。按照他的回忆，到傍晚6时多才与为他送行的朋友去喝粥，一边喝粥一边指挥各部，最后也没有与妻子见面，只是在电话里说："我马上要走了，你自己照顾好自己。"回到家后，他仅用15分钟就把所有的行李收拾好了。临别时，廖新波拥抱了一下女儿，说："告诉妈妈，我走了！"

晚上10时，来自广州、深圳、佛山等地的医疗精锐力量，汇集在白云机场的第二贵宾候机厅。机场好不热闹，第二贵宾候机厅被挤得水泄不通。廖新波看着面前的这支队伍，里面既有白发苍苍的博导、教授，也有芳龄二十的年轻医生、护士，一种崇敬之心油然而生。他们中有不少已经是廖新波的老熟人了，有的参加过抗击非典，有的和手足口病作过斗争，有新婚一周的，也有初为人父的。出发前，大家都显得很兴奋，一想到马上就要投身救灾工作，都充满了信心和斗志。

这时候，广东省副省长雷于蓝也来了。她是代表汪洋书记前来机场为医疗队送行的。"医疗队此行带去的是广东人民对灾区人民的深情慰问和关切，希望医疗队员与四川省广大医务人员并肩战斗，携手同心，全力以赴，救死扶伤，为共

同战胜自然灾害作出最大努力！”雷副省长在出征前的动员会上庄重地说。临别之际，雷副省长突然想起廖新波，“廖厅呢？”其实，这时候，他已经带领队员徐徐进入安检门了。雷副省长拨通了他的电话，语重心长地说：“廖厅，我刚才到处找你，你这么快就上机了。没有什么话说了。我相信你，希望你带好这支队伍，与省委、省政府保持密切联系！你们记住，你们既是代表广东的医疗系统，也代表着广东！”

由于机场的航班调度，专机延迟了起飞时间。直到深夜12时，医疗队才正式出发。飞机驰行在跑道上，广东医疗队成为全国最早出发的医疗队之一。飞机上，所有的机组人员都向他们投去了敬佩的目光，仿佛说：你们是真的英雄！其实，这里还有一段美丽的传说，他们111张登机牌

只有一个共同的名字“Hero”（英雄）。但是他们谁也没有为当英雄而登机。

从灾难发生到集结出发，广东医疗队花费的时间是30个小时，如果这项工作有纪录的话，这一定是一个新的纪录。不一会，飞机就爬升到了一万米的高空上，廖新波反复想着雷副省长的叮嘱，更感觉肩上担子的沉重：医疗队赶赴灾区，肩负着广东省委、省政府和广东人民的重托，也肩负着朋友的催促和灾区人民的期待。廖新波暗下决心，一定要以实际的行动体现广东形象、广东责任、广东速度，一定不辱使命，带领医疗队的全体队员，努力克服一切困难，竭尽全力救治受灾的群众！

第二章　挺进映秀

前线指挥部发来命令，要求广东医疗队奔赴震中——映秀！广东医疗队勇闯死亡谷、强渡紫坪铺，冒着生命危险徒步挺进映秀。一场与时间赛跑的接力赛开始了……

1. 初进灾区

5月14日凌晨2时12分，满载着广东医疗队员的专机终于抵达成都双流机场。打开舱门时，机上南航的所有乘务员都列队站在门前，她们怀着崇敬的心情，目送医疗队员们下飞机。机长也从驾驶舱里走了出来，对廖新波说："廖厅长，希望你们一路走好，为更多的受伤群众服务。""我们一定竭尽所能。"廖新波说。3483航班的主任乘务长卢惠珍这时候还特意给廖新波送来了一大包巧克力，说："廖厅长，留着饿的时候

吃。”

走下飞机，情况似乎与人们的想象有点不一样，廖新波的日记是这样描述的：

飞机在14日凌晨2时12分徐徐降落在双流机场。机场很清静，除了堆满等待运出的物资外，没有任何灾难的迹象。在候机厅外的过道上横七竖八地睡着几十名外国小学生。这群小学生显得很疲惫，老师的脸色也很深沉，也许他们是从灾区逃出来的外国小朋友，在等待离开晃动中的成都。

到了成都，利用等行李的80分钟，我召开了第一次队长扩大会议，讨论将面临的困难。这时，我们还不知道要奔赴哪里，德阳？汶川？卫生厅的处长们没有一个知道！我们感觉到，以后的情况可能会更糟糕。我们要入住的是四川省卫生厅的招待所。从机场转车到这个招待所，又花去了不少时间。直到凌晨4时，医疗队员们才住进了招待所。

在四川省卫生厅同志的带领下，廖新波带着111名好汉顶着寒雨进城了。这时候的蓉城，夜

深人静，街上有很多大大小小的帐篷。虽然成都没有受到多大的破坏，但是因为余震警报不时发出，人们不得不防，群众还是露宿街头，相当多的市民已经两晚不敢进屋睡觉了。那时候，在成都流传着这样的段子：“比地震可怕的是余震，比余震可怕的是预震，比预震可怕的是预报震而不震，不预报震且震；结果是：震不死晃死，晃不死累死，累不死拖死，拖不死吓死，吓不死急死，急不死气死！”可见，医疗队员面临的是多么令人精神高度紧张的环境呀！这也许是任何人到达成都后的第一感觉：余震随时可能发生！

睡了三四个小时后，廖新波立即到四川省卫生厅报到。太乙酒店的后院与四川省卫生厅紧紧相连，这里是汶川大地震卫生部的指挥部，指挥部就设在一个平房里，里面就像战斗指挥部一样，人，匆匆而过，声音，此起彼伏，非常紧张。正当廖新波在寻找他要找的人的时候，一个熟悉的身影向指挥部走来，她就是主管四川医政工作的赵万华副厅长。她一见廖新波就非常激动，紧紧握着廖新波的手说：“太感谢你们了，你们真不容易。你们是最早来到四川的地方医疗队。”她把廖新波拉到一旁，压低了嗓门说：“我们这里的情况非常糟，受灾的面积非常大，很多县城几乎都没有了。大量的群众埋在瓦砾中。很多地方交通中断了，救援人员进不去，你们来了，真的非常感谢！我代表我们厅长和陈啸宏副部长感谢你们。你们将面临的救援工作也是非常艰苦的，灾区什么都没有，你们做好准备了吗？你们等一下就往汶川方向赶。”

汶川？汶川在哪里？具体的坐标在哪里，谁

也不知道！

廖新波边听边想，马上就要进入灾难现场了，不知道队员们准备好了没有？临别广州的时候，卫生厅党组书记黄小玲给了廖新波一个“锦囊”：到了灾区之后直接与卫生部陈啸宏副部长和赵万华副厅长联系。现在已经与赵副厅长联系上了，但陈啸宏副部长去了哪里呢？

原来，5月12日这天，卫生部正在召开全国的厅局长会议，陈竺部长正准备在会上讲话的时候，有人走到会场报告：汶川发生7.8级大地震。不久，部里成立了以高强书记为首的卫生部抗震救灾医疗指挥部，陈啸宏副部长任副总指挥。在短短的时间内，高强书记带领指挥部的同志火速从北京赶到了四川，即刻在四川省卫生厅成立了抗震救灾前线指挥部。14日这天，陈啸宏副部长陪同中央领导在前线视察和指挥抗灾。

在四川省卫生厅的指挥部没有见到陈副部长，廖新波马上给陈部长发去了信息，报告：“我队111人昨0时20分起飞，今晨2时12分到达机场，折腾到4时30分。现在奔赴都江堰市的路上。广东的雷于蓝省长、姚厅长、黄书记非常关心灾区情况！叫我直接接受你们的指挥，请指示！”

这时候，已经是14日上午将近10时，他们的行李仍在机场，廖新波当即指挥，马上向汶川方向赶去，行李车也直接向汶川方向靠拢！

廖新波的人缘很好，他的博客网友知道他一早到了太乙酒店后，即刻要来与他见一面，哪怕

当面说一声感谢也好！当知道廖新波无法带很多东西时，他们留下了巧克力和祝福，目送着他与队员上路。

在通往汶川的成灌高速公路上，车水马龙，各路救援大军向都江堰汇集。都江堰是向全世界最早发布灾情的地方，这时候的都江堰成千上万的救灾大军与受灾的当地群众正在演绎许许多多悲壮的故事。

一路上，他们发现越走人越多，车也越来越多。红色的消防车、绿色的部队车，挤满了整整一条路。交通堵塞的情况很严重，廖新波不停地看表。看来在预定的时间内，是无法到达汶川了。想不到第一个任务就没有完成好，困难也许超乎人们的想象，廖新波开始觉得情况不容乐观。

2. 穿越死亡

到了都江堰以后，越往西去，灾情越严重，道路越来越难行了，手机信号越来越弱了。越往西走，关卡越多。要不是他们手持总指挥部总指挥的手谕，根本就不能再前进一步。就在他们考虑如何向前挺进的时候，廖新波接到了卫生部陈啸宏副部长发来的信息："廖厅长，你们进入汶川了么？能否在15时之前赶到映秀镇建一个医疗点？请主动和当地及部队联系争取支持，请回复。"此时，已经是11时了，他根本没有办法回复，记者们也无法与后方取得联系，报纸上说：从此与医疗队失去了联系！也就在这个时候，廖新波与他的队员们知道了他们的最终目的地：震中——映秀镇！

从都江堰到映秀镇的唯一通路就是都江堰的紫坪铺水库。他们凭着“特殊通行证”连闯三道关口到达了紫坪铺大坝。汽车到了这里就没有办法再前进了，任何人都必须步行。

紫坪铺水库，本来是城市人节假日垂钓的好地方。不幸的是，就在两天前，突如其来的地动山摇将许多休闲者、垂钓者推入这水库下面。现在，这里成了救援者和逃生者唯一的渡口。

映秀几乎与世隔绝，这条唯一的水路虽然可以通过冲锋舟运载，但是，冲锋舟承载能力非常有限，数量也不多，救援队伍的行李、药品与其他大量的救灾物资一样无法运送。这也是造成他们在映秀的前五天生活难以为继的原因。

这个渡口由武警战士严格把守，虽然他们持有“特别通行证”，但是把守的武警战士优先给部队的救援人员通过。他们这支队伍如何渡江

呢？如果靠这样排队，肯定几天都过不去。廖新波决定化整为零，能去多少去多少。

廖新波这时候站在高处，手指着大坝，向大家下达命令：“全体队员，请注意，上面就是我们将要渡江的紫坪铺大坝，我们的汽车只能到这里，接下来我们要走的路就是从这里乘坐冲锋舟到水库的对面，然后要经过5公里的死亡谷。由于渡江的冲锋舟运载能力有限，而映秀又基本没有任何的生活补给，现在大家整理行李，准备两三天的干粮、水，携带必备的救灾药品和器械、御寒的衣服和帐篷。每队留下四名队员在坝上看守

行李，等待有机会的时候将行李带过来。其余的马上分批渡江。”

这时候，队员们马上分装行李。大家也许不知道，他们从广东带来了将近1000件托运行李，重则上百斤，轻的也有十几斤，几乎能想到的东西都带来了。但是现在要轻装上阵，带什么不带什么确实令人伤脑筋！大家都知道灾区一无所有，没有干粮要饿死，没有水要渴死，没有御寒物品会冷死，没有帐篷也会被蚊虫叮死。但是大家也非常清楚，如果没有药和手术器械，就像战士上战场没有枪、没有子弹一样，与难民没有两样。这是管理书上才会出现的考题。也就是在这种情况下，廖新波带领的广东医疗队作出了伟大的选择，他们选择了尽可能多带点药品和器械，最重的大药箱重达50多斤。也许这是令廖新波如此偏爱他的队员原因之一吧！

艰苦的历程开始了！

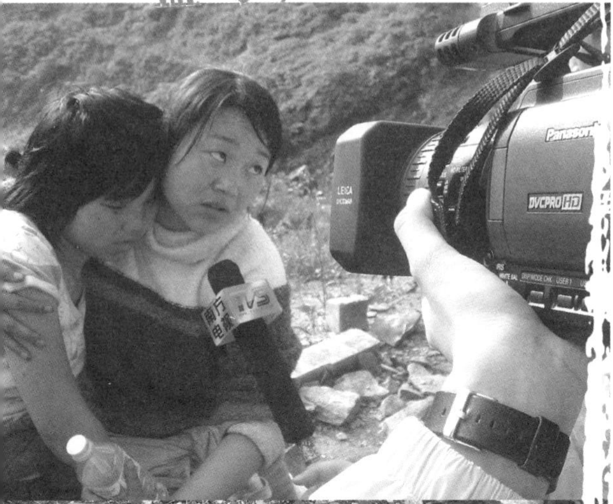

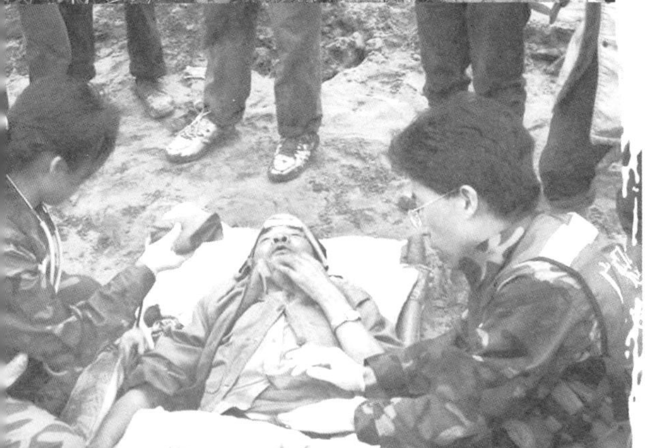

经过将近一个多小时的行李分拣，廖新波带着先遣队率先渡江了。

他们走到渡口时被武警战士挡住了，武警战士说，今天有很多部队战士和物品要运过去，你们要等到明天。这可把廖新波他们急坏了！正当他们心急如焚的时候，渡口下面的武警战士喊："派两名医生下来救人！"廖新波看机会来了，就叫四名队员下去，武警战士马上拦住，"只下去两人！"他们说，这怎么行呀，必须要四名医护人员才行。这武警战士年轻，争不过他们，只好放他们下去。

说起这渡口，根本没有渡口的样子，也许原渡口被滑坡的山泥掩埋了，从坝上到水边近乎80度，长达120米。就是下去也非常危险，这里，不时看到山体滑坡。这时候，渡口有受伤的群众源源不断地被艰难地抬上来、走上来，在坝上等候的队员也在这里展开了救治工作。这时候，廖新波主动走上去给武警战士讲救人与救命的道理："如果人被挖出来了，而没有医生的及时抢救和处理，等于等死或者等残。你看不是吗？现在这

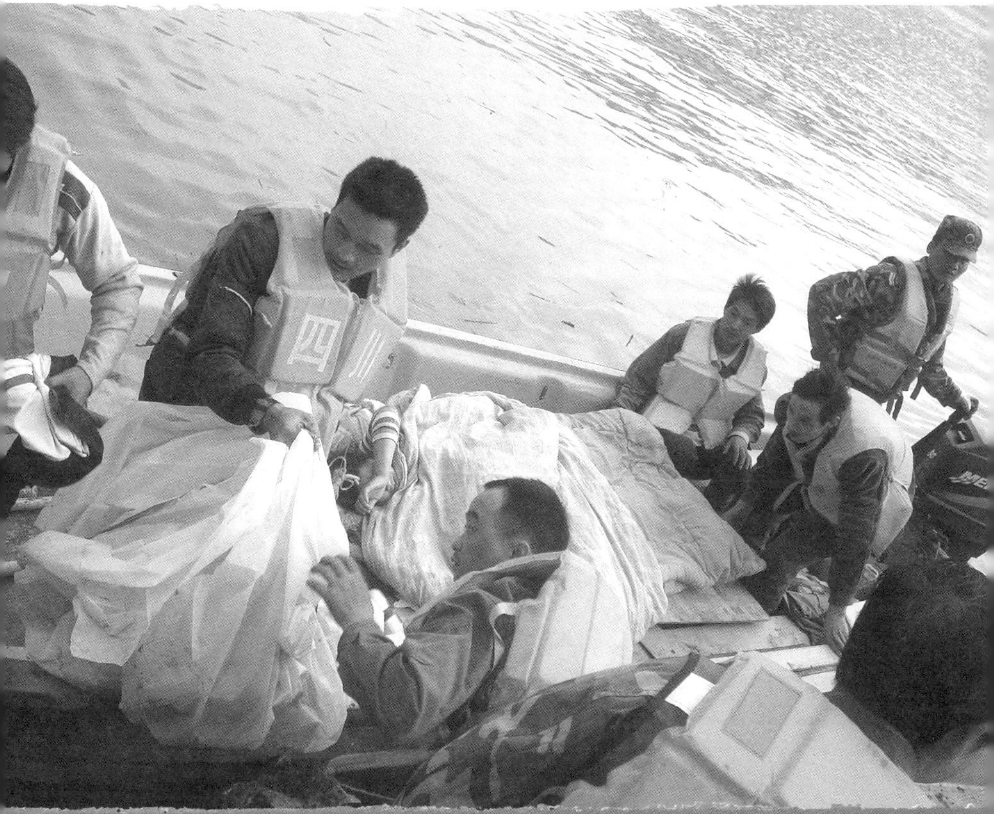

么多群众，有很多完全可以在现场作处理的，但硬是这样从5公里以外的地方抬出来，这不是科学救治。”其实这时候，紫坪铺两岸已经积压了大量伤员。他们的真诚打动了武警战士，最后终于答应放他们通行。

由于渡口的任务确实太重，他们不得不分三批强渡紫坪铺水库。

第一批队员包括9名医护人员和7名记者。他们在廖新波的带领下，在将近黄昏的时候开始了人生最艰险、最艰难的夜行军。

第二批队员大约30人，紧跟着先遣队登上了冲锋舟，过了水库，但是毕竟有45分钟的时间差，天色已暗。他们跟不上先遣队，不得不在西岸的漩口铝厂枕戈待旦了。

最后一批队员准备渡江时天色已晚，冲锋舟

又没有柴油了，被迫等到第二天早晨。他们生怕跟不上大部队，第二天一早就抢先占领冲锋舟渡江。他们凭着一种职业的执著，向着前方挺进！

这是一场与时间赛跑的生命接力。

从紫坪铺到漩口铝厂的水路坐冲锋舟要45分钟。一路上虽然没有艰险也感觉不到余震的威胁，但是两岸的山体滑坡还是不时出现，在水库上可以看到两岸断裂的桥梁、毁坏的大坝、被掩埋的公路，如果抹去这些凄惨的画面，这里的风景是美好的！

其实，这时候，廖新波一行根本就没有心

情去想象，他们很快又被另一番悲怆的画面震惊了……

在漩口岸看上去，在山腰，细细的“小路”上逃生者和救援者来来往往；岸边渡口旁，是无数带着忧伤的等船渡江的逃亡者……

映秀镇，位于四川汶川县城南部，与卧龙自然保护区相邻，是阿坝藏族羌族自治州的门户，也是前往九寨沟、卧龙、四姑娘山旅游的必经之路。但是现在，去映秀镇的公路已经被破坏了，通信也完全中断了。先遣救灾的官兵们都是通过步行，一路急行军赶赴救灾现场。

廖新波带领的这支医疗队伍，与受过训练的士兵没有两样，如果说有什么不同的话，就是他们是负重行走，并且没有夜行军的经验。他们没有后勤，还多了各种药品和器械，一切物品必须自己背、自己扛，轻则10多公斤，重则20多公斤。出发前，队员们整理了尽可能多的东西往背囊里塞，到了后来，很多人确实背不动了，沿途放下了很多的干粮和矿泉水。即便是这样，沉重

的背囊一个人根本就不能背起，必须要别人帮忙。

这一段路并不好走。与其说是路，倒不如说是逃难者与救援者这两天在乱石坡上走出来的小径。老乡们说，前两天已经有四个人葬身在这乱石丛中了。他们或被上面滚下来的石头压到，或摔进了奔腾滚滚的岷江里。那所谓的路，在几近垂直的陡坡上，下面就是湍急的岷江，稍有差错，必死无疑！队员们也面面相觑。然而，他们还是决定向前走，因为灾区群众更需要他们。老乡们的提醒，倒是让他们更加小心，一边注意躲避上面滚下来的碎石，一边小心脚下的石头和淤

泥。沉重的背囊压在肩上让他们举步维艰。就是这样，他们跌跌撞撞地走着，一脚深、一脚浅，一脚滑石、一脚泥丸地走着。夜幕降临了，他们仍然在走。他们不得不走呀，不得不赶快走呀！因为流石随时伴着余震滚下来。天黑了，看不到流石，只能靠听。他们手牵着手，互相照应着，互相呼叫着。不时可以听到：“廖厅，小心！”“小周，你在哪里？”“广东的，我们在这里！”听到回音就继续走，听不到就停下来等，生怕发生意外。由于余震不断，有时刚走一个路段，滑落的山石就在他们背后滚了下去，不到一秒钟就被咆哮的岷江所吞没，可以说每前进一步，几乎都面临着生与死的考验。为了第一时间赶到现场，他们忘记了艰险，顾不了泥石流，滑倒了，爬起来，再摔倒，再起来，你撑着我，我顶着你，走呀，走呀！

这条路被当地人称为“死亡之路”，又称“死亡谷”。一路上险象环生，路没了，到处是山体滑坡形成的陡峭的乱石，左边是峭壁，不时有石头滚落；右边就是滔滔的岷江。最难走的地段，他们只能把药箱顶在头上，贴着峭壁慢慢摸索。作为领队的廖新波，除了背着不比别人轻的背囊，胸前还挂了一个熟悉的电脑袋，不时地瞻前顾后，遇到陡坡，他把大家一个一个往上拉。有的队员脚下一滑，差点掉下江去，可他的手还死死抓住药箱，心想着这是灾区群众的救命药啊！有一位佛山队的女队员，本身个子瘦小，看上去“弱不禁风”的，可是她看见一位老乡一脚踩空，她就迅速地将手伸过去，硬是把那位老乡

从悬崖边上拉了回来。他们就是这样，手脚并用，艰难地往前挪，心里只有一个念头：赶快到映秀，救人！救人！

走了几个小时后，21时左右，行人越来越稀疏。由于不知道前面的路况，廖新波犹豫了，他觉得不能再让队员们冒险了，这是他的责任，也是领导的嘱托。他命令大家在乱石滩上夜宿，以避免发生不必要的事故。其实这时候，廖新波还惦记着一位同行的记者：陈枫。陈枫是《南方日报》跑卫生线的记者，也是唯一得到卫生厅同意随机同行的报社记者。这次夜行军对他也是一次重要的考验。他的脚崴了，渐渐与队伍拉开了距离。廖新波一直盯着过往的路人，试图从这些路人的影子捕捉到陈枫，他不时在喊："陈枫！"当陈枫一瘸一拐走来时，比其他队员晚了半个小时，可见蜀道真难行呀！

这一晚，他们就在这乱石滩上度过。乱石滩，其实就是旧河床，除了他们之外，还有从映秀以外的地方逃出来的几个村民。这几个村民很朴实，招呼他们一起在篝火旁取暖，队员们也很乐意听他们讲地震的情况。虽然廖新波叫大家趁着还不是那么冷的时候睡一睡，但是大家很快就被冻醒了。寒夜、露水、余震，伴着篝火，还不时传来的轰隆隆的泥石流声，让他们彻夜难眠。

3. 会师映秀

15日清晨，天色微白。廖新波看着疲惫不堪、似睡非睡的队员们，实在不忍心叫醒他们。但在这路上多耽误一刻，映秀镇的灾民们便多一分危险。一想到灾民，廖新波便狠下心，叫醒了所有队员。疲惫的队员们拍了拍身上的尘土，擦了擦脸上的晨露，又继续向前走。

接下来的路虽然没有昨晚难走，但经过昨夜的煎熬，队员们已十分疲惫，双腿酸软至极，几乎连站也站不起来。他们使劲地伸了伸腰，拖着满是泥泞的双脚又走了起来！清晨的路上，已经有不少行人了。很多人匆匆忙忙地来，匆匆忙忙地去，在这条不是路的空间里各自往返着，让廖新波感慨不已。

一个小时后，这支先遣部队终于走到了映秀镇。映秀，顾名思义，如同诗画一般秀丽，但此刻却是另外一番景象。废墟，什么是废墟？全

镇房屋倒塌，到处山体滑坡，整个城镇停水、停电，通信、交通中断。谁都没有想到，灾难竟是如此惨烈。映入廖新波眼帘的，是断垣残壁，是一片瓦砾，这里仿佛被一台硕大无比的压路机反复碾过一样。在成都，听人说灾区充满了凄凉的哭声，但这时，这里已经听不见哭声了。而此时的死寂，却比满城哭声更让人感到凄凉。在临时停机坪前面的一块空地上，躺着一群群伤员，痛苦、焦虑、悲恸与恐惧的神色，仍然挂在他们的脸上。伤员里还有一些小孩，也惶恐地看着他们，乞盼着：救救我们吧！这里已经没有医院了，唯一的一所中心卫生院也没有了，所有的设备被掩埋在瓦砾中。有限的医疗人员忙得不可开交，甚至不知所措。地震就是如此残忍，摧毁了大自然，摧毁了人的精神。

有一个情景确实令人撕心裂肺：有位半裹着衣服的村妇紧抱着儿子向队员走来，医疗人员走过去问："大嫂，孩子受伤了？"村妇不语。队员仔细看了看，孩子身穿一套新衣服，脚穿一对没有着过地的新鞋，脸庞紧贴母亲的乳房。村妇喃喃自语发出微弱的声音："不用了。"

从瓦砾中救出来的伤员就在这里等候直升机将他们转移到后方医院。

廖新波连忙加快步伐向着高高飘扬着国旗的土堆走去，这里就是阿坝州抗震救灾指挥部。

土堆上有几条板凳，几位军人和几位身穿警服的人在那里指点着，一脸愁容。廖新波这时认定，他们就是指挥官！因为，陈啸宏副部长叮嘱，到了之后主动与地方和部队联系。“同志，我们是广东医疗队的，前来报到！”旁边的徐如祥副院长接着说：“他是我们队的总指挥，廖厅长。”土堆上的“长官”身穿警服，个子不高，听说是广东来的医疗队，连忙站了起来，一边握手，一边说：“欢迎你们！你们从广东这么远来

到这里很不容易。与你们同时到达的还有重庆医疗队的。你们带了东西来没有？”廖新波一听带了东西来没有，心想一定是指是否可以安营扎寨吧，就说：“带了。”这位“长官”说：“那你们找地方先‘住’下来吧。”廖新波与他的队员环绕着这约摸五个足球场大的地方走了一圈，发现漩口中学主体楼前的篮球场最适宜扎营，因为这里地势开阔，既便于躲避余震，也便于转移伤员。

他们到了漩口中学篮球场，与早半天坐飞机到达的42医院的医疗队为邻。行李还没有解开，就有伤员来求治了。他们赶紧投入治疗，并迅速将广东医疗队的队旗竖起来。由于先遣的南方医科大学队的旗帜没有带来，他们的队员余燕灵机一动，把那心爱的口红拿出来，在一块白色床单上写上“南方医科大学南方医院珠江医院医疗队”，此刻，广东省医疗抗震救灾医疗队的旗帜

就在灾区高高飘扬，至今依然飘扬着！

先遣分队安营扎寨了。再往前面走，过了已经震裂的桥，来到了这片碎石滩，看到的景象更让他们惊讶。原来这个河滩上，满地都是用各种塑料布、花布、床单包裹着的遇难者的尸体，一阵阵恶心的生物腐败臭气迎面扑来……望着这些遗体，很多队员都忍不住掩面而泣。那惨烈的情景让廖新波永生难忘。一个13000人的小镇，到14日下午，仅有3000多人生还，留在这个小镇上的人最少的时候不足500人！

震后的映秀，所有的人都无房可居，也几乎没有一块平地，连路也是裂开的，最大的裂缝有30厘米宽。

此时，廖新波一直惦记着其余的102人！他总是习惯开开手机试图与他们通话，但是每次手机上显示的都是没有信号。他们到底怎么样了呢？

那102人，并不都像南方医科大的队员那般经历过部队的训练，他们当中最年长的53岁了，不知道是否经得起这长途跋涉；还有那些年轻的护士，不知道是否已经叫苦连天；更不知道他们能否顺利通过死亡之谷，那脚边的滚滚河水，至今让他后怕。廖新波心急如焚，坐立不安，一个人站在路口张望着，心里也不断祈祷着：一路平安！一路平安……

直到中午时分，远远看着一支队伍，举着飘扬着的白底红字旗走过来，廖新波那颗悬着的心才慢慢放了下来。他数着一队、二队、三队……6支分队全部到来，一位队员在远处向他招手。不一会儿，一支队伍出现在他面前。廖新波首先在人丛中找到了周教授，见他安然无恙，又看到几位护士虽然疲惫，却毫发无损，他才放下心来。他询问人员情况，所幸的是一兵一卒也没有少，就连每个队员带的药也没有丢失。

他们急忙向廖新波详细地汇报了昨天的经过。

原来，14日那天，廖新波率小分队走后，大部队继续在紫坪铺大坝上等候渡江。直到夜色已降，他们中仍有一半无法渡江，另一半则过到对岸的漩口铝厂。在对岸的一半人，也跟廖新波他们一样，在江边度过了幕天席地的一晚。到了天亮，另一半人也过来了，他们才开始一起穿越死亡之谷。虽没有夜幕的笼罩，但满是泥泞的荒野与不时飞落的碎石，仍然给彻夜未眠的队

员们带来了严峻的挑战。伴着满天阴云，走着崎岖的路，队员们在滑石与泥土中艰难抬脚，又重重落下。途中，还出现了不少险情。在广州市胸科医院护士许庆敏身前一两米处，数次有滚石被卷入岷江，一说起来她还心有余悸，惊魂未定。还有一名护士，脚下一个不慎，差点滑了下去，幸好被队友拽住，救了起来，但她仍紧紧地抓住医药箱。广东省人民医院的护士刘小民体重仅40公斤，却背起了30多公斤重的药品。由于路途艰险、负重有限，为了多带药品，不少队员连基本的换洗衣服和食物都扔在一边。

在关键时刻，队员们更加团结，更加坚定。一路上他们并不孤独。当地一位村民本来要往都江堰方向出去的，但听说是医疗队来了，便二话不说，帮一位护士背起了沉重的行李，转头和队伍一起回映秀镇；另一位同来的志愿者，由于无法继续前进，将随身携带的药品交给医疗队，让他们无论如何都要交到灾区人民手中。这支大队伍就这样，硬是抬着沉甸甸的药箱，走过死亡之路。

现在，他们终于在映秀镇漩口中学胜利会师。在漩口中学的广场上，主队旗与6支分队旗迎风招展，好不威武！

4. 蓝马甲在行动

5月15日的映秀镇，依然处于极度的危险之中。余震连绵不断，各种建筑物随时有可能继续崩塌；因地震毁坏而造成的次生灾害随时可能发生；地震之后种种无法估量的潜在危险也一步步地逼近灾区……

然而这些都没有能够阻挡人们救灾抢险的步伐。一方有难，八方支援，党中央在灾难来临之际就迅速作出了反应，数千名救灾人员已经云集在映秀。上百架直升机此起彼降，运送救援物资、伤员，使映秀的天空出现前所未有的繁忙景象。

为了配合搜救工作，广东医疗救援队在大队伍会师之后，第一时间投入到对伤病灾民和受伤官兵的抢救之中。由于传统的白色大衣根本不适宜在这种救援环境中穿着，队员们在迷彩服外面披上蓝马甲。这蓝马甲特别显眼，背后印着醒目的“广东卫生应急”字样，尤其在晚上，闪耀黄色荧光的标志更使大家清楚地看到，蓝马甲在行动！自从穿上这蓝马甲之后，队员们没有一天舍得脱下，身穿蓝马甲的他们知道自己正在履行医护人员的职责，身穿蓝马甲，他们知道自己是代表广东来的！队员郑重地在胸前和背后写上自己的单位与名字。他们说，除了让大家知道我们这些蓝马甲是来自广东的，也让大家在特殊的情况下方便别人与我们的队伍取得联系。蓝马甲从15日开始，每天出现在废墟上，出现在枫香树村，出现在老街村，出现在渔子溪村……出现在白天，出现在晚上，遍布整个映秀镇的白天与黑夜，广东医疗队争分夺秒地开展救援工作。

广东医疗队的任务主要是现场救治、门诊接诊和营地、村庄巡诊。除了配合消防官兵的救援

工作，他们还独立开展工作。因为地震后时间紧促、救援空间有限，面对众多伤员，救援队先进行检伤分类。国际上采取的检伤分类，是对伤员进行绿、黄、红、黑四色标签。绿色表示人员受伤，但可暂缓处理；黄色表示伤者情况较重，但可进行转运施救；红色表示初检后伤势最重，有生命危险，须在现场及时抢救；而黑色表示伤者已死亡。医疗队就是根据救援队伍的分类，实施抢救。

初到的这一天，廖新波和所有的队员一样累坏了，帐篷还没有搭起来就开始医疗救治工作，一刻也没有停下来。这一天，他们几乎都没有时间吃东西，也没有什么东西可以吃。饿了就干啃方便面，渴了就喝一小口瓶装水润一润嘴唇。

有人说，没有当过家，不知道当家的难处。其实，没有当过领导也不知道当领导的辛苦。没有当过炊事班勤务兵的“长官”更不知道他的艰辛！廖新波谦虚地自诩为连长，其实他比连长还困难！他既要安排和指挥医疗队的工作和生活，又要与地方政府、救援军警、当地居民协调各种关系。在如此恶劣的环境和如此纷繁的工作中，廖新波知道自己的每一个决定都十分重要，轻则影响工作效率，重则耽误伤者救治，他不仅要顾及救治的任务，还牢记着临行前雷副省长的叮嘱，时刻关心着救援队员们的人身安全。的确，无论是参加抗击非典还是参加手口足病救治，过去的经验告诉他，在这种最关键的时刻，队员的生命安全才是最重要的。只有保障队员的生命安全，才有可能有效地抢救伤者，这也是他常常强调的"在安全情况下展开工作"。所以他一再告诫队员们，救援者只有自己安全，才能更好地救

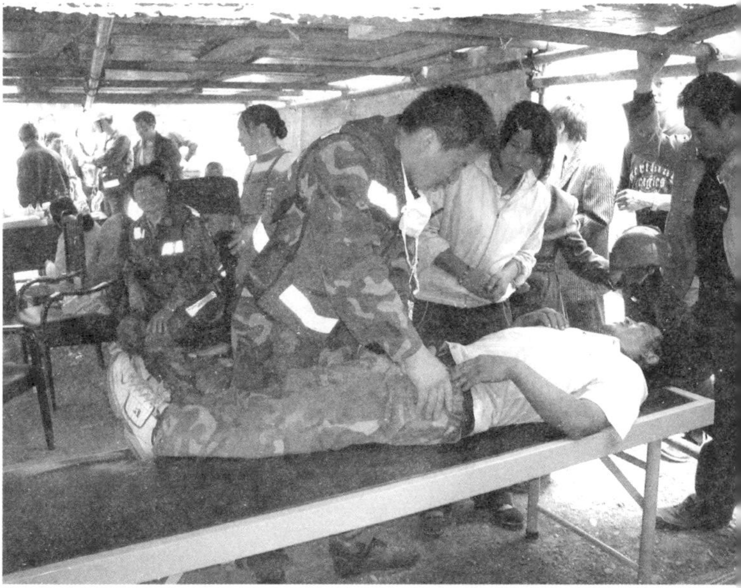

别人。这可能会使救援工作进展慢一些，但却能最大限度地保证所有人员的生命安全。也许这一天就是他人生经受最艰苦的磨炼的开始！

这一天，他的神经绷得紧紧的，他告诉自己一定要冷静，这个有着30年医疗工作管理经验、拥有公共管理和预防医学双硕士学位的广东汉子，又一次感受到了如同在非典期间的考验，因为，一切都要靠自己了！

夜色悄悄地降临在这个灾后的小镇。开始，这里连发电机也不多，整个映秀镇漆黑一片，黑得那么深沉，那么寂静。没有电，官兵们架起了应急灯，昏暗的灯光在废墟中根本无法发挥作用。直到官兵们无法继续搜救工作了，一个个身穿蓝马甲的队员才拖着疲惫的身躯，从废墟上回到驻地。这已经是晚上9时了。连续奋战了近9个小时后，队员们才意识到饥饿。但这时大家却发现吃饭也成了一个大问题。原来医疗队离开成都已经两天了，由于所带的干粮不多，在路上为了多带药品，又丢弃了一部分，还消耗了一部分，不少队员的干粮已经告罄。而后方食品补给由于道路不畅，还远远没有着落，队员要挨饿了。廖新波心疼地看着队员，为自己没有做好后勤工作而深深自责。尽管对困难已经有所估计，但远没有想到实际情况竟是如此严峻。

这时，廖新波闻到了一股方便面的香味，他走出帐篷，却看见周汉新教授等几位队员围在一起，正在分享一碗方便面。原来是队员之一、来自北京大学深圳医院的卢琳琳意识到自己已经

两天没有吃过一粒盐，于是前往附近的解放军驻地讨点食盐化作盐水补给身体中的盐分。当部队官兵知道她已经两天没有沾盐分时，慷慨地给了她一碗方便面。她又将这碗方便面分给了几位队友，他们正在热闹地分享这碗面呢。看着他们的笑颜，廖新波稍感释然，多么好的同志啊，他暗下决心，明天一定要让队员们吃上好吃的。

这天晚上，廖新波才意识到自己没有地方睡。原来，他根本就没有带帐篷。这时，南方医院的陈建庭走过来，“廖厅，介意和我睡吗？”他与陈教授就这样挤着躺在帐篷里，开始了他们的“宿舍”生活。这一夜，他辗转不能入睡。映秀与广州的天气不一样，5月份天气依然非常凉，遇到地震，天气就显得更加令人不适。外面飘起了阵阵雨丝，雨虽然不大，这种简易帐篷却连这样的小雨也经不住，雨顺着帐篷底慢慢地渗透进来。隔壁传来队员翻身的声音，廖新波知道他们肯定也难以入眠，今天的一切，都让他既心酸又心痛！到了深夜，余震仍然不断，余震来的时候，会听到泥石流的声音，和着滚滚岷江的涛声，让人毛骨悚然。在这个陌生的地方，这种恐怖的气氛下，队员们都难以入眠，他们就躺在帐篷里，就这样等待着一天又一天的来临。

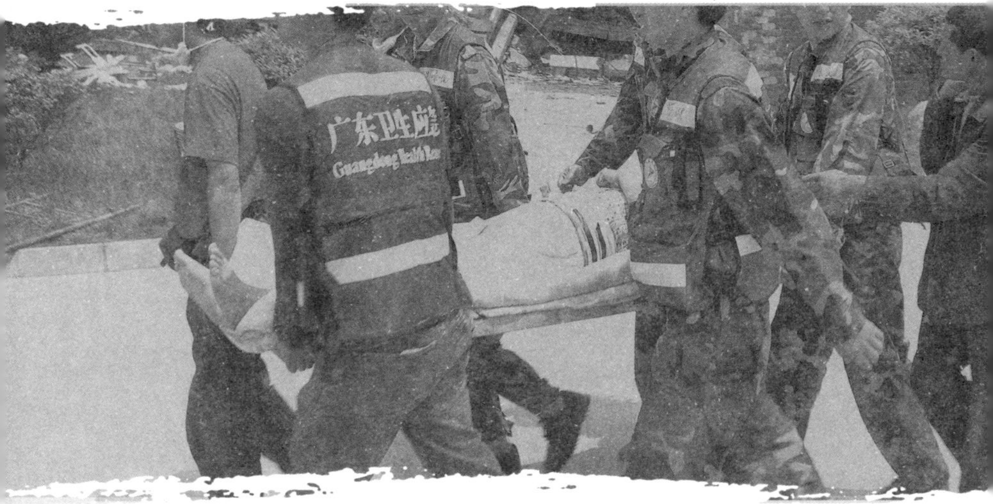

第三章　生死救援

进入映秀镇以后，广东医疗队随着救援人员进入瓦砾中，展开生死救援。队员们的巡诊、抢救都是在瓦砾中进行的。这对于这些来自广东的医生来说，是另一种考验。

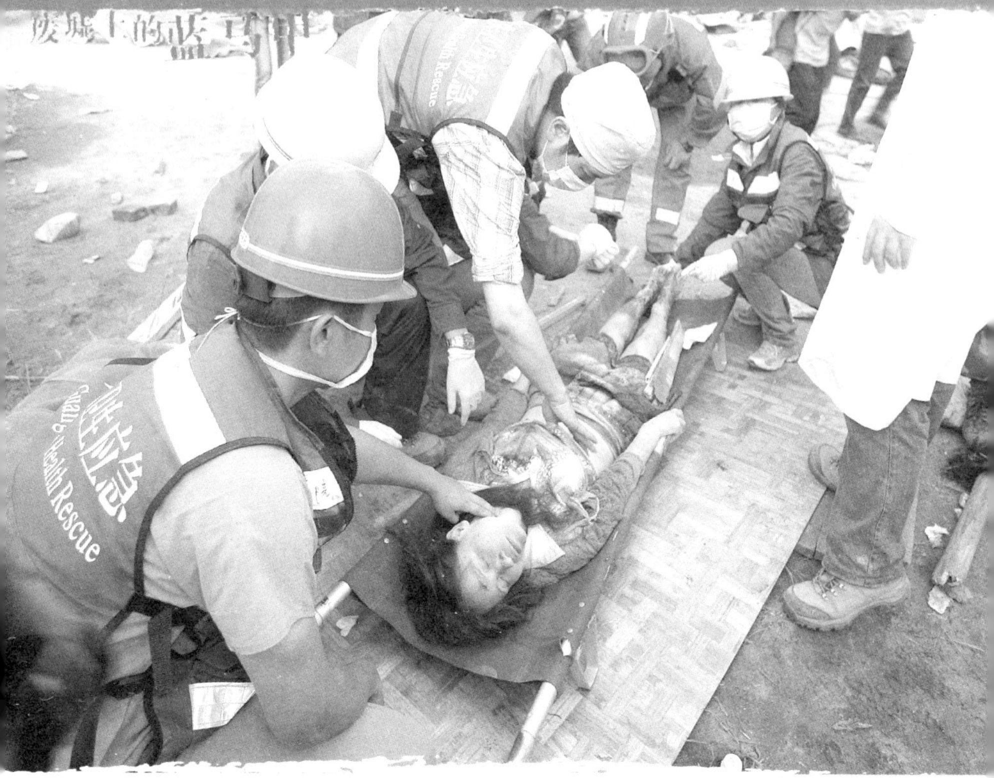

1. 瓦砾堆里的战斗

5月16日，是医疗队进入映秀镇的第二天。一大清早，医疗队员们便忙开了。医疗队除了设置医疗点外，也随着救援人员进入瓦砾中，直接抢救被困的伤员。在这种情况下，医生和战士是没有什么两样的，部队官兵冒着生命危险执行任务，医生也是如此。军队、武警、消防、医疗和民间组织一刻都没有耽误，广东医疗队也没有一丝的懈怠。

队员们的巡诊、抢救都是在瓦砾中进行的。这对于这些来自广东的医生来说，是另一种考验。虽然他们都是各医院的精英，医术早就得到了人们的肯定，但那是在手术室里。在手术室的无菌环境里，各种手术都可以按部就班，各种治疗方案都可以尽善尽美。但来到映秀却行不通了，因为这里没有那种条件。震后的映秀危机四伏，到处都是泥石流。在这里，有的是楼房随时崩塌的危险，有的是细菌随时感染的威胁，有的是无穷无尽难以想象的恶劣环境。

队员们在废墟里走动时总是很小心，很轻，他们心里既希望能听到幸存者的声音，又怕听到幸存者的声音。在灾区里，他们第一次感受到个体在巨大灾难面前的孱弱和无助。

他们一到映秀就感受到这样一种心理压力。

他们的营地旁边就是生者与死者同居一地的漩口中学。队员们经常回忆道，夜里，不知道是在梦幻中还是在真实中经常听到瓦砾里的悲鸣声、呼救声，似是而非，一时也说不清楚。因

为，白天他们就在这里救出了很多埋在瓦砾中的遇难者。

就在广东医疗队到达映秀的那天，救援人员抬着一位受伤的老妇匆匆来到医疗队的营地，队员们将行李放下，还没有来得及喝上一口水就投入到紧张的救援当中。刚把这受伤的老妇处理好，他们又从倒塌的漩口中学宿舍楼房里救出了一名教师，他全身是灰沙和伤口，队员马上进行清创、缝合、包扎等处理。这位教师说："105室还有一个女老师。"搜救队员与医疗队紧密配合，根据伤者的提示，当天就救治了五十几位伤者。其中有一个踝骨骨折的患者说："地震时我在四楼，一阵剧烈摇晃，觉得要塌了，就立刻跳下来。"他是幸运的！

在映秀，受灾最重的可以说是映秀小学了。小学校舍已经"体无完肤"，成为一片废墟，只在右边角落还孤零零地立着半堵高墙。废墟旁挤满了人，他们在等待救援队发出的消息。一个老太太背着竹篓来回走动，等待她孙子的音讯；一个年轻妇女对着废墟泪流满面，断断续续的哭泣声让人难受；也有人掀开破席想看看里面躺着的是否是自己的亲人，其心情是非常矛盾的。队员们心情非常沉重。

一天的救治工作就这样在惋惜中度过，既有成就感，也有不少的遗憾。这天晚上大家都是在21时以后才打开自己的干粮袋，其实大家知道，没有多少可以吃，很多队员就是这样疲劳伴着饥寒，迷迷糊糊，不知道是睡还是醒。虽然还有一点八宝粥或方便面什么的，但是不到最后关头也舍不得吃。

一早，42医院的护士喊："快来，映秀电厂有个病人需要进行现场手术。"映秀电厂是一个主战场，在那里发生过很多故事，创造出很多奇迹。队员们跟着部队医院的同志，穿过危楼，来到一堆废墟上。消防员说："里面是电厂一名职工，在洞里面，他的脚掌给大梁压住了，出不来。经过我们的劝说，他同意截肢。"

消防员指着废墟中的洞口，向队员介绍地形："要在这洞里爬10米左右，然后看到一个小洞，人就在小洞下面那一层。需要钻到下面那一层去做手术。洞很小，大个子或胖的不行，体力

差的也不行。”陈蓟医生个子太高，不行。杜冬医生一试，肚子太胖，也不行。时间就是生命啊！就在大家相互看着高或胖的身材发愣的瞬间，麻醉师马伟文站了出来，消防员一看就说：“他行。”马伟文医生二话不说，马上换了衣服，装上麻醉药和针筒，拿了一把手术刀，戴上头灯、手套，钻了进去。由于身材比较瘦，他很快就爬到了5米左右的地方。但剩下的路，却越来越难爬。忽然，前面右边有个脑袋，头发上全是灰土。跟在后面的消防员说：“往左。”他艰难地绕过旁边的尸体，顶住恶臭，用尽全力，像虫子一样向前蠕动。里面很静，只听到自己的呼吸声，有点与世隔绝的感觉，谁不紧张呢？马伟文一心想尽快爬到伤者的身旁。爬，继续爬行，又钻到下面一个洞里，马伟文终于看到了伤者，他趴着身子爬了进去。后面的消防员向里面喊道：

“医生来了，帮你做手术。”伤者说：“医生你要救我出去。”马伟文说：“你放心，我一定救你出去。”通过头灯，他看到伤者的右脚掌三分之二处被楼房倒下的大梁紧紧压住，血肉模糊，而且发出阵阵恶臭。手术操作空间受限，上面有水泥板、钢筋阻拦，下面稍悬空，但也只能一只手操作。伤者问手术痛不痛。马伟文说：“我带了麻醉药，哪儿痛就说，哪痛麻哪儿。”于是决定沿着大梁所压脚掌断面进行麻醉和手术。马伟文心想，这样可以减少出血和疼痛。手术就这样一点点进行着。突然，手术刀碰到大梁，断了。怎么办？马伟文问还有没有手术刀。消防员说电工刀行不行。马伟文说行。消防员从后面递上电工刀。于是继续，反复切、撬，从袜子到皮肤，从肌肉到碎骨头。也不知过了多久，病人的脚终于可以松动了，而马伟文也筋疲力尽了，拿电工刀的手一动就抖，一点力气都没有。病人还有点肌腱相连。马伟文退出去，换上了陈建良医生。

他带着剪刀进去，继续进行断离手术。最后病人被成功救了出来，送上直升机。其实，在这手术期间已经发生了不少的小余震，一个小时后就发生了6级余震。大家看了看马伟文，替他捏了把汗。丁强说："马伟文，你命大。"他们经过几个小时艰辛的操作，还没有来得及休息就继续到医疗点坐诊。

晚上，又到又饿又累的时候了，对于这些四五十岁的人来说确实不容易。这样艰苦的手术恐怕是他们这一辈子所做过的最难的了。

2. 寻找生存的希望

队员们在瓦砾中寻找生存者，进行紧张的医疗救援，而廖新波则在另一条战线上寻找生存的希望。他对广东医疗队的医疗技术充满信心，因为这次来的都是技术骨干，医术精湛，作风硬朗，在医疗方面，他觉得不用担心。现在最困扰他的是物资供给问题。今天已经是医疗队到映秀镇的第二天了，他还没有联系上后勤。三军未动，粮草先行，可现在队员们都是饿着肚子在战斗，这多么影响情绪和士气啊！廖新波知道，虽然临出发前，他要求队员们至少带两天的干粮，但实际上很多人都只带了一天的干粮，有的人甚至什么也没有带。他不忍心去苛责这些队员，这些20世纪七八十年代出生的人，从来没有经历过

如此严峻、艰险的环境。况且他们不带干粮的初衷，也是为了带更多的药品，现在去责备他们也于事无补。作为指挥官的他，眼下要解决的就是吃的问题。

于是，廖新波来到了驻军的临时指挥部。他说明来意，但指挥部的答复也十分肯定：“没有！”“我们部队也是两天一瓶水，几天都是吃稀饭。”指挥部的人说。的确，由于交通中断，救灾物资根本到不了现场，即便能运到的，也是很少量很少量的。而且官兵们战斗在第一线，廖新波实在不好意思向指挥部拿物资。既然这样，就只能靠自己了。他的目光停留在背后的漩口中学里，一个念头油然而生。

和映秀镇的所有建筑一样，漩口中学抵挡不住地球的巨震，建筑楼房遭到了严重的破坏，有的像多米诺骨牌一样，五层的楼房像错位骨折一样变成了四层楼，虽然整体建筑尚未崩塌，但远远望去似乎摇摇欲坠，像一块块千层酥皮饼。

廖新波走近这堆瓦砾，看着地上、桌上、黑

板上的一切，如同就在昨天发生似的，只不过人走楼空。教学楼的黑板上有一则通知：

请申请住房调整的用户于十三日第八节课前到总务处报名，过时不报。

此通知。

漩口中学总务处

2008.5.12

字体非常清秀。漩口中学是当地一间名牌中学，他们的老师一定是很优秀的，但这是这所学校最后一个通知了，到底还有多少人能够如期报名呢？

廖新波继续往前走，地上满是散落的作业本，他拾起了一本生物科作业本，上面写了一行字：“老师，这道生物题太难做了！”那笔迹是如此的稚嫩，思维又如此的纯真，让他仿佛看见这些学生在课堂上顽皮的样子。他们中有不少品学兼优的孩子，也许是国家未来的栋梁。花样的年华，有多少理想就这样埋葬在瓦砾中……廖新波控制自己非常压抑的心情，继续向前走。他走出了教研室，走进了图书室，走进了学生宿舍，又走进了学生食堂。横七竖八的餐桌，翻倒的橱柜，一阵阵酸臭的食品发酵味令廖新波作呕，但是又让他有了主意：学生食堂也许有他要的食品！

怀着这个信念，廖新波顾不得学生食堂的柱子已经歪了，随时都有崩塌的危险，钻进了废墟。他小心翼翼地走了进去，蹑手蹑脚地跨过破盘烂碗，轻轻掀开歪倒的架子，甚至屏住呼吸，生怕一阵风将食堂吹倒。他心里老在嘀咕“天无绝人之路”，这里一定有可以解决医疗队燃眉之急的炊具和食品。除了救人，还得自救！这83号人的吃饭问题，一定要在今天之内解决。

经过仔细的搜索，他找到了一些大米、辣椒、油、玉米、碗筷、不锈钢锅。他几进几出，

把这些东西扛了出来。这时，廖新波突然想起了一部年代久远的电影——《高山下的花环》。在那部影片中，靳开来为了给大家解渴偷甘蔗，被地雷炸死了。廖新波觉得这时自己十分明了靳开来的感受：“我是指挥官也是战士。我不能让别人冒死先进去。这是我的责任。”

当大伙儿看到自己的指挥官从废墟里捧出一只锅时，顿时对廖新波由衷地敬佩，敬佩之余燃起了生存的希望！

有了锅就有了一切。从这天起，队员们解决了喝水问题，有了热水，大家就不用干啃方便面了。

到哪里找水源呢？光有锅还不行。吃饭是一个问题，喝水则是另一个问题。这时，队员们带来的水早已用罄。驻地旁有一条小溪，溪水看上去似乎很清澈，却无法确认是否已经被污染了。廖新波正在犹豫中，一位老乡走过来告诉他们，在另一个方向的三四公里外，还有一条小溪，那里的水很干净，可以喝，但要走不少路。廖新波听了，只好再次回到学校，找到了水桶，到老乡说的小溪那里去挑水回来。

廖新波还和队员们从学校废墟中陆续扒出了桌子、被褥等物品，又与队员们搭起了简易炉灶，这天，他俨然是一个能干的后勤部长。看着炉灶里升起来的火苗，他总算松了口气，经过这一番奔波劳碌，吃饭、喝水的问题终于得到了解决。

这天晚上，晚归的队员回到驻地，都吃上了凝聚着廖新波心血的玉米粥，喝上了热水，生活一下子进入了“小康”水平。他们也许不知道，这些都是廖新波冒着生命危险换来的。

有一位队员的日记是这样写的：

可敬可信的好领导，我这人骨子里是不太服人的，要让我对你有这种感觉，不是我恭维你，而是你自己干出来的。

我们这支队伍，个个素质都高，干活争先恐后。上山前因为交通不便，将随身带的个人行李放在了大本营，将医疗用品连扛带抬运进汶川。进入汶川后，不怕艰险，抢着干活，团结一致，众志成城。

全队表现如此优秀，得到卫生部、省委书记和省长高度评价，卫生部还准备以此为典型，开展对医务人员的正面宣传。高强说：医务人员在关键的时候是值得信赖的。

如此成绩的取得，离不开我们的好领导——广东省卫生厅副厅长廖新波。

在由成都赶往映秀的路上，我就发现他平易近人，吃苦耐劳，当然这种环境是没什么享受的，因我们带着行李一起步行历尽艰险进入汶川的队员中，他第一批到。

到达后，他立即给大家找地搭帐篷，亲自找来砖块、柴米、木料，找来锅、壶弄吃的，亲自找来木块烧火，亲自到附近居民家买猪，杀猪切肉，做菜。作为广东医疗队的总指挥，他天天要参加总指挥部的会议，要传达、汇报、安排值班，发展党员，他亲力亲为，队伍中责任最大的是他，工作最累的是他，可他总是满脸笑容，我们很少见到这样的厅长。如果他只坐在帐篷里等待汇报参加主持会议作出指示，等别人送饭洗碗洗衣，人们都会觉得正常，可他不是这样，连一点水他都亲力亲为发给大家，使大家倍感温暖。

我同42医院参加救援的同志们聊天时，他们都说：你们的廖厅长真是不错。

我由衷地祝福我们的好厅长。

3. 分兵耿达

这又是一个让廖新波十分为难的任务。阿坝州抗震救灾指挥部要求广东医疗队抽调20名身体强壮的男医生，第二天清早跟随部队急行军23公里，到此前还没有救援队进入的“生命孤岛”耿达设立医疗点。这23公里意味着又一次生死考验，意味着起码一天一夜的翻山越岭、余震加上泥石流。接到这个任务，廖新波想起了几天前穿越死亡谷的经历。他找到一位刚从那边折返的老乡了解情况。老乡一听医疗队要走路去耿达，斩钉截铁地说不可能，因为他刚想去看亲戚，但走到半路就折回来了，路上有几个地方，根本就走不过去。铁索桥虽然没有断，但已经七零八落

了，开始是60度的斜角，到最后三分之一是90度的斜角。路上还有许多乱石坡、泥石流形成的悬崖。所以走路去是不可能的。

廖新波听了，皱起了眉头。去耿达的路和死亡谷相差无几，甚至更加凶险。这让他感到十分为难。一方面是灾区的需要，在耿达，还有多少人在着急地等待着救援和治疗啊，指挥部把这个艰巨的任务交给广东医疗队，是对这支队伍的信任。这个任务无论如何也要完成。但另一方面，队员们这几天已经忍受着饥寒拼命抢救伤员，早已经精疲力竭了，哪有力气跟随部队急行军啊？

他的心情非常沉重，他知道队员们都是常人，他们在广东还有幸福的家庭，家里的妻子、丈夫、儿女和父母都在等着他们平安回去。而现在，在这种情况下，谁接受任务都是一种冒险。然而这任务又必须有人去执行。救灾如救火，他只好向指挥部请缨。

“让我带队吧！”廖新波说。他想自己带

队，一来是想给队员们信心和勇气，万一有什么事情，自己可以身先士卒；二来，也表明这支队伍有组织、有纪律，能忠实执行指挥部的命令。还有，就是他想尽自己的最大努力去保证每一个人的安全，这是他的责任。

指挥部并不同意廖新波的意见："你是领队，必须留守指挥！这里的任务更加艰巨，这里更需要你的指挥和协调。"廖新波无奈，只好与医疗队副领队徐如祥教授商议。徐如祥是珠江医院的副院长，是廖新波到映秀的时候任命的副队长。这次救灾，各地派出的医疗队员多数是年轻力壮的业务骨干，像徐如祥这样已经52岁，还是全国知名神经外科专家、珠江医院副院长这个"级别"的医生，实在是非常罕见。听完廖新波的转述后，这位有着高血压、心脏早搏病史的老军医再也按捺不住了，他一拍胸脯说："放心吧，廖厅，这辈子我什么险没有见过，咱命硬，一定能平安到耿达！咱们回广州再好好喝一杯！"他的军人风范让廖新波肃然起敬，有他坐镇，一定能顺利完成任务，廖新波同意了。

确定了带队人选后，廖新波在队里传达了指挥部的要求。为了尊重大家的意愿，廖新波没有采取指派的方式执行，而是建议由队员自己报名。在报名前，廖新波郑重地说了一次这次任务的危险性。出乎意料的是，队员们都很踊跃。来自广东省中医院的麻醉科主任肖建斌主动请缨："我的孩子已经16岁了，他们的儿女还小，让我去吧！”可他在背大药箱爬悬崖时扭伤的脚，还一直缠着绷带。风雨交加中，一个个队员自愿报名，廖新波默默地登记了他们的名字。接受完报名，雨仍在下，报了名的队员里，有的还悄悄写好“遗书”，交托给队友。

中山大学附属第一医院队员余振华在给妻子的“遗书”上写着：

我的决定也许对不起你和我们的女儿，但是如果我不去，就更对不起我的良心和我的国家。我必须进去，希望你理解……万一我在路上有个

三长两短，希望你们能好好过下去……

广东省人民医院第一支队队长昌耘冰在“遗书”中这样写道：

父母大人及吾兄：对不起，原谅孩儿不孝，不能侍奉膝下……请哥哥代我多多尽孝，二老要好好保重身体……

还有一封是写给妻子和孩子的：

如果我遭遇不幸，你们要好好照顾自己，如果孩子心理上承受不了，就告诉孩子说爸爸出国读书去了……

看着这封“遗书”上的朴实言语，廖新波忍不住摘下眼镜，拭去了流出来的眼泪。他知道队员们报名，并不是为了什么荣誉，而是在生死抉择之间，选择了他们作为医生的天职。

“我们一定不辜负广东父老乡亲对我们的托付，为更多地挽救灾区遇难者的生命而鞠躬尽瘁。”廖新波通过卫星电话，向远在2000公里之外的广东省副省长雷于蓝汇报了情况。

那一夜，医疗队把没有进水的帐篷让给即将出征的20名队友，其余人分散在湿漉漉的帐篷里，默默祈祷，一夜难眠……

18日上午，天放晴了。昨天晚上的滂沱大雨，把通向耿达的路彻底摧毁了。廖新波想了一夜，得出了两条结论。第一条是服从命令，第二条是如何有效地执行命令，以最小的牺牲获取最大的胜利。一大早，他就联系上了指挥部，报告了耿达的实际情况，建议是否可以派直升机送队员们过去。指挥部考虑到队员的人身安全，也改变了步行进入耿达的方案，同意用直升机运送队员到耿达。但直升机不能承载太多人，廖新波和徐如祥决定先从20人中挑选10人组成精干队伍，由徐如祥带队，乘军用直升机赶赴耿达。具有戏剧性的是，最后只能上9人，另一名队员由于超重而被挤了下来。

上午11时，一架军用直升机停在了汶川县映秀镇漩口中学门口。廖新波带领队员们将徐如祥等人送到了直升机下。登机前，廖新波紧紧握着徐如祥的手，他什么也没有说。这几天来，作为医疗队的搭档，徐如祥和他一道开展救援，帮助抢救，带领大家垒灶挑水，没有一刻的空闲，他总是那么活力充沛，精神振奋，根本就不像是52岁的人。“他是当过兵的，就是不一样！”廖新波心里想。连日来的合作无间，让他深深地相信徐如祥能顺利完成任务。

直升机载着9名广东医疗队的队员，旋即飞向汶川县的另外一个地方——距离映秀23公里的耿达乡。耿达位于映秀与卧龙的中间，离大熊猫的家乡不远，但去映秀和卧龙的路都中断了，10多天来被称为“生命孤岛”，救援人员和物资只能依靠空中运输。这支小分队为耿达带去了精湛

的医术和顽强的精神。在耿达，他们每天只能喝两餐稀粥，渴了只能接山上流下的山泉水喝。这时的耿达，每晚仍然有十几次余震。帐篷晚上漏雨，大家的衣物都被淋湿了，队员们又冷又饿无法入睡，就背靠背坐着打打盹。

就在这样的环境下，徐如祥不断地给大家鼓劲，他带领着队员们，冒着随时会有余震的危险，翻山越岭，每日巡回全乡17个村组两次，救治伤员、转出重伤者，并有效遏制了当地腹泻、流感疫情的蔓延。在耿达驻扎的8天里，他们共做了16台手术，救治、转出重伤员12名，换药100多次，门诊治疗灾区群众1500多人次。

即使是铁打的汉子，也经不住这样的疲劳轰炸。徐如祥终于累垮了，他高烧39摄氏度，一天腹泻十几次，整个人都虚脱了。但他们背去的感冒药、止泻药已经全部给了当地的受灾群众，徐如祥只能靠食盐和开水调配的临时生理盐水支撑。的确，看到那么多伤员，谁还会想着留点药给自己？但此时的他，却饱受着疾病的煎熬。就这样，他带病在“孤岛”上坚守了多天。直到5月26日中午12时，卫生部几经协调，才用直升机把徐如祥从那“生命孤岛”里安全地送回了映秀镇广东医疗队的大本营。

这些，都是廖新波后来才知道的情况。而此时的廖新波，在送走了小分队后，又继续忙碌在映秀镇的瓦砾上。他和队员们东奔西跑，抢救每一个带着希望的生灵。

4. 抢救虞锦华

连日来的阴雨天气，对救援工作产生了不良的影响。有人认为，下雨可让伤者喝到水，维持生命。但实际情况并非如此，多数被深埋在废墟中的人，根本喝不到雨水。相反，雨水反而会加快伤者伤口感染的速度。雨后夜晚低温，对伤者保持体能极为不利。建筑物坍塌后的灰尘加上雨水，会使细菌孳生。暴雨引发的感染会更严重，使伤者的抵抗力降低，引发伤口溃烂、破伤风等严重后果。唐山大地震发生后，有不少伤员就因此出现了腿部的气性坏疽，而这种细菌感染的死亡率非常高。所以，在这一时刻，更要抓紧时间

抢救伤者。

5月18日又是一个令人难忘的日子，因为那天广东医疗队完成了一次刻骨铭心的手术。

下午，青岛消防支队要求广东医疗队派出骨科医生到电厂救人。原来映秀电厂内又发现一生者，被困近150小时，已施救2天，因无大型机械，无法去除压在其双下肢的一根几吨重的大梁，病人体质极度虚弱……濒临死亡的边缘。时间就是生命，一刻不能延缓。廖新波马上高喊“广东省医疗队的骨科医生马上出发！”随着领队廖新波的呼唤声，深圳支队的队员们再次冲到了废墟上。

这是一个10米高的电厂废墟，在离废墟顶8米，离地面2米的一个缝隙里面困着42岁的虞锦华。由于没有大型设备，消防官兵在废墟顶上打了一个一米见方的天井，这个通道完全是靠消防官兵的手动切割机和一双双坚强的手挖掘出来的，是一条真正的生命通道。

广东医疗队的医生就从这个通道进入废墟下8米，之后又钻了两个水平的隧道，爬过一个洞穴后见到一条大梁，一双穿着牛皮靴的双脚被牢牢地压在大梁与水泥板之间。大梁的侧下方被消防官兵挖掘出了一个小洞隙，只容半个身子进入，探进身子后即发现了受困者虞锦华——两根大梁将她夹在中间，上面一根紧贴着她的头部，下面一根将她双侧的小腿紧紧地压住，右侧的肢体已有坏死的迹象。她旁边的一位同事就没虞锦华那

么幸运，被上面的大梁砸中了头部，夺去了生命。因为已经有六天六夜了，尸体开始腐烂，散发出一股恶臭味。

在这种情况下如何进行施救呢？面对眼前的困境，他们立即返回地面，汇报了下面的情况。考虑伤者受困时间较长，体质极度虚弱，压在腿上的大梁无法移动，大家建议立即行“双侧膝关节离断术”，将其迅速解救出来，否则伤者的生命无法保障。队员们与消防官兵及虞锦华的弟弟沟通后，果断决定立即进行手术治疗。考虑手术操作难度大，体力消耗严重，为节省时间，建议由杨欣建医生和杜冬两位外科专家一人做一侧肢体手术；同时也请求消防官兵将洞穴内的尸体移出，否则操作空间太小，手术无法进行。后来他们就是这样趴在那具尸体所在的位置上进行手术的。

当两位医生再次进入洞下接近虞锦华并告诉

她手术方案时，她沉默了，随即问道："医生，能不能不锯腿？我还想走路！"虞锦华干裂的嘴唇吐出令人心碎的祈求。这一刻，他们的心在颤抖，多么简单的要求，多么真切的想法，大家都知道不截肢意味着什么，但截肢对她来说又是一个多么残酷的决定啊。作为医生，他们无奈而且无言以对……虞锦华其实也知道，只有这样，她才能活着出去。

杨医生心里咯噔一下，强咽泪水，控制着自己的情绪，跟她拉起了家常："小虞，你哪一年出生的？""1964年。""我比你大一岁。"说着说着，一阵灰沙刷刷地掉下来，"余震了，快出来！"外面的队友大喊。这时情况十分危急，但杨欣建和杜冬纹丝不动，杨医生用力握着小虞的手，操着四川话说："妹子，你是好样的，大哥要向你学习。听大哥一句话，咱坚持了这么久，就是为了活着，只有活着才能走路啊。"

“很疼吗？”虞锦华问。“有些疼，别怕，大哥给你打麻药！你的亲人都在外面等着你呢！”虞锦华闭上眼睛，点了点头，泪水顺着眼角慢慢地流下来。“好，我同意，你们做吧，我要活着出去！”声音虽然不大，但足以让人感到震撼，这是一个渴望生命的声音！这是一个向往光明的声音！面对这样一个坚强的女人，无需说些什么，他们立即开始了手术。杨欣建医生从大梁底下挖掘出来的小缺口处伸进半个身体，在刚刚移走的尸体的位置上侧卧着身子为虞锦华进行手术；杜冬医生伏在大梁的另一侧传递手术器械。

杨医生半跪着，稳稳地拿起手术刀。为了虞锦华妹子今后能顺利安装假肢，为了她还能站起来走路，他用心消毒、止血，小心翼翼地切除坏死的组织，在不到两平方米的空间里，进行着他平生最艰难、最心痛的手术。

轮到杜冬了，他开始有点紧张，因为平时

一侧膝关节离断对于病人来说都是一个较大的创伤，何况是双侧膝关节离断，而且手术对象还是一个体质极度虚弱的女人，并且左下肢手术过程中已经有部分出血。她是否还能继续承受另一侧肢体的截肢手术呢？大家知道，虞锦华的右腿是被水泥板紧紧压住的，没有一点缝隙，根本无法绑扎止血胶条，手术中一旦血管破裂大出血就会危及生命，这就是他们遇到的技术难题。他想，消防官兵们冒着生命危险打开的生命通道，若不能将生命救出来是一种莫大的耻辱。因此，他精确地找到了血管，结扎、减少出血，而且还一直与她对话，从她说话的语气、语速中了解她的生命状态，并不时地鼓励她，给她以生的希望……

不足两平方米的洞穴内弥漫着尸体高度腐烂后浓浓的恶臭味，几只苍蝇在嗡嗡地飞舞，废墟下稀薄的空气，加上高度紧张的气氛，令人感到严重的缺氧窒息，手术异常艰难地进行着……

由于空间的限制，他只能侧着身子半卧着，用左手牵拉伤者的大腿部，将她的膝关节缝隙尽量显露出来，然后用右手从膝关节的前侧向背侧逐层分离切割。由于膝关节肿胀较明显，且刀柄较短，在分离切割后侧的肌肉时，刀片突然断在肌肉里。当时杜医生就蒙了，因为在切开皮肤的一瞬间，他已经判定她受到严重的感染，高度怀疑气性坏疽（后方医院也证实了这一点），此时再继续分离，杜医生的手很容易被断裂的刀片划伤，引起感染，后果是非常严重的。其实比技术更珍贵的是时间。在余震不断的情况下，在洞内多待一分钟，大家就多一分危险，伤者就少一分生存的希望，因此必须保持沉着冷静，果断迅速。最后，他重新换上刀片，更加细心地分离，终于摸到并取出了断裂的刀片。将最后相连的一处组织切断后，自认为还算强壮的他却无力再抬起自己的双臂，连包扎伤口的力气都没有了，这一刻，他们都深深地感受到了“一人做一侧肢体”是一个多么英明的决定！

50分钟，60分钟，70分钟，虞锦华终于被救出来了！而耗尽体力的医生却瘫坐在瓦砾上。这一刻，他们之间不仅是医生和伤员的关系，而且是患难与共的骨肉深情！

在手术过程中，让人们更为震惊的是，在虞锦华下一层楼板的缝隙里还有一名伤者——马元江。在给虞锦华做手术的过程中，医疗队的队员还和马元江进行了对话，鼓励他要坚持，他说：“因为你们救了虞大姐，我还可以再坚持24小时。”多么强烈的求生欲望，多么顽强的生命力。从那一刻起，队员们深信，只要不放弃，就会有生命的奇迹发生。

虞锦华的被解救，打开了一条生命通道，使消防官兵通过这条仅有的缝隙进入到下一层，于第二天成功地解救出了被困178小时的马元江，现两位伤者均在医院治疗，病情稳定。中央电视台也跟踪报道了这两位创造生命奇迹的伤员的后期治疗过程。

灾难是无情的，人是有情的，后来，医生们与虞锦华建立了一种特殊的关系，他们彼此之间还通了电话。她说，没有了双腿，以后的日子可能都会在床上或轮椅上度过，早些时候她也曾灰心过……但是，医生们也鼓励她："虞大姐，您虽然没有了双腿，但您却保住了一个家庭的完整，您没有使您的丈夫失去妻子，没有让您的孩子失去母亲，您是坚强的，好样的！我们相信现在的科技一定会让您重新站起来的！"

这是一支水平高、反应快、能力强的医疗队。来自各大医院骨伤科、脑外科的专家，医护领域的骨干力量群英云集，正高级职称的就不下十位。许多医生都曾在"非典"、冻灾期间大显身手，积累了丰富的应急救治经验。因此，对广东医疗队来说，救治任务既相对容易，又极端困难。尽管专家们对创伤与脑外伤的救治驾轻就熟，但狭窄、窒息与危机重重的施救环境，却给他们制造了一个又一个难题。从专业的角度出发，许多手术都可以写入应急救援的教科书，填补某项特殊条件下施救的案例空白。但这也恰好说明，我国在特殊灾难的公共救治方面，依然存在着许多不足。廖新波从短短几天内的工作遭遇，想到了许多事情。他开始思考得更远。

第四章　艰难考验

震后的灾区一片疮痍，生存条件的艰苦，超乎想象。为了多背药物，广东医疗队的队员每人只带了两天的干粮，救援过程中物资短缺，面临着严峻的考验。廖新波一边带领队员挖土豆、掘野菜、拾玉米充饥，一边激励队员们的士气，苦中作乐，渡过难关。

1. 吃饭难题

5月19日，医疗队进入灾区五天了。但直到这天上午，补给仍然没有到位。由于余震不断，加上连日的暴雨，刚刚修复的道路很快就被泥石流冲垮了。通过指挥部的卫星电话，廖新波得知广东省驻西南办事处、四川省卫生厅派出的物资车不得不中途折回，几次提供给养的行动均告失败。

多日余震后的灾区更显得一片疮痍，生存条件的艰苦，出乎所有人的意料。虽然廖新波率领队员们建起了炉灶，但食物仍然很稀缺。坚持了五天之后，医疗队面临着严峻的吃饭问题。每天一碗漂浮着玉米粒的汤粥，支撑着队员近20小时的超负荷工作。没有盐，许多队员面露菜色；缺少纤维，不少人肚腹绞痛。后期的物资没有上来，条件非常艰苦。

为了解决粮荒，廖新波一边带领队员继续挖

土豆、掘野菜、拾玉米充饥，一边激励队员们的士气，苦中作乐，希望转移队员们的注意力。在此期间，廖新波想尽办法补充队员们的营养，甚至还亲手杀了一头猪。那是几天前的事情，正当他为了队员们的补给头痛的时候，有一位队员小跑过来，告诉他一个好消息。

“廖厅，报告一个好消息，那边的老乡叫我们杀猪，还不要钱呢！”廖新波一听，乐了。其实他早就看到镇里有几头猪在溜达，也打过这些猪的主意。但因为不知道猪的主人在哪里，所以无法实现这个想法。现在听了这个好消息，真觉得天无绝人之路。他马上带了来自广医附一院的林治川医生、深圳第二人民医院的卢杰医生向队员所说的村庄走去。

那是一个建在山坡上的村庄，叫老城村。廖新波爬上山坡，向下眺望，这真的是一个山清水秀的地方，一条湍急清澈的小溪在山间流过，远处是郁郁葱葱的小树林，近处则是一大片绿色的田野。这一派田园风光，也许就是映秀得名的原因吧。

廖新波又转过身来看这个村落，但村里的情况却让人心忧。不过，虽然是一片破落，这里仍依稀能看到村庄往昔的安宁：有小客栈，残旧的房门上写着客房的字样；有农家乐，几张翻倒的餐桌，大概是歇息的老农们谈论生计的地方。这里的村民应该是很安逸的吧？可现在，这世外桃源几乎变成了一片废墟，朴实简陋的民居东倒西歪。曾经的快乐或忧伤、成功或失败，在这里都不复存在了，一切都必须从头开始。廖新波被眼前所见勾起了一阵伤感。

“猪在那里！”同行的队员说。廖新波看见一头猪，正在倒塌的屋角寻找食物。大概是听见了他们的声音，猪的主人从另一间倒塌了一半的屋子里走了出来，那是一位村姑，她手里还捧着一个脸盆。她见了廖新波，用柔软、慈祥的声音

问：“你们是医疗队的吧？”

“是！我们是医疗队的。”廖新波看看自己身上的蓝马甲，连日来的忙碌，让马甲沾满了泥尘，上面印着的“广东卫生应急”几个大字模糊不清。

“你们把这猪杀了吧，我们不要了。”她说，声音很无奈。

“为什么啊？你可以杀了卖呀！”廖新波说。

“不杀了，我们还有腊肉。”村姑说，然后她又转身回屋。不一会儿，只见她从屋子里搬出了一个坛子，那是一坛子酸豆角，此外，还有一些腊肉。

“把猪杀了吧，不要钱。它的脚也砸伤了，不能找吃的了，我也喂不了！”她说，可能她怕廖新波难为情，又说：“还有这个，都给你们，都拿去吧。”她的语气，充满了哀怨，把一袋盐和刀放下，说：“那锅就拿来烧水吧，你们会杀猪吗？”说着就要下山了。她和广大村民一样遭受了这次巨大的伤害，她正在收拾自己的家当，也不知道自己的家在哪里？

看着这么好的乡亲，廖新波鼻子一酸，差点没流下眼泪来，但想到整队人马营养不良，会严重影响救援质量，再说，她要从废墟中搬出，那只猪，她也无力喂养，而无圈可圈的猪可能会成为瘟疫的传播者。廖新波考虑了片刻，觉得不好拒绝，但一定不能白要老乡的东西。医疗队是

来帮助他们的，不是来增加他们的负担的，他们遭受地震灾害折磨后几乎已经一无所有了，更加需要钱来重建家园。他估摸了猪的重量，掏出了1000多元，递给她，可是，她说什么也不肯收。争执不下时，她突然把廖新波推开，然后跑了！无奈之下，廖新波他们杀完猪之后将1000元压在她的房子里，然后走了。

他们三人中，谁也没有杀过猪。这100多斤的猪，可不是闹着玩的。大家看着那只还在啃泥土的猪，大眼瞪小眼，不知如何是好。和廖新波一起去的两个年轻人，都没有经过苦难时代，杀猪这种活，他们从来没有遇见过。廖新波自己倒是看过别人杀猪，他小时候在韶关北江读书时，曾经看过人家杀猪，想来也有一点点印象。他拿起了菜刀，又觉得不太对劲，生怕自己弄错了。但100多号人的吃饭问题终归要解决，他咬咬牙，想着自己是搞病理出身的，猪的大致解剖位置应该和人差不多吧。于是，他让两位队员帮忙按住猪，他自己拿起了刀。所幸的是，他的判断非常正确，很快他就把猪给解剖了。

晚上，队员们闻着香喷喷的肉粥，纷纷打听这猪肉是从哪里来的。此问一出，年轻的队员们马上七嘴八舌说了起来："廖厅杀的，廖厅杀的，哈哈哈……"大家热情更加高涨了。"昔有庖丁解牛，今有廖厅杀猪啊！"队员们笑着说。还有的队员说廖新波是什么"杀猪厅长"。廖新波看见他们快乐的样子，觉得这个"杀猪厅长"的外号也不错，虽然不雅，但至少能让大家感到快乐，能给予队员们力量，只要能为队员们提供更好的支援，自己的努力就没有白费，也对得起猪主人的一番心意。在那种状态下，保持全队士

气，保持饱满、乐观的团队精神，是廖新波的责任。以身作则、相互感动，是他们整体凝聚力的保证。所以，他毫不介意。不过猪肉不易存放，那猪肉没能吃几天，转眼间，又面临着吃饭的问题。廖新波看着那炉灶，巧妇难为无米之炊啊。

这里讲一个香蕉的故事吧。

一天，相邻的解放军42医院要集中到一块乱石滩上扎营，离广东医疗队不远，离开的时候，他们将一把香蕉送给了廖新波。哗，真香！身处南国的广东医疗队队员已经很久没有闻到热带水果香了，这种香着实带来很大的诱惑。“廖厅，今天我们可够奢侈的啦。”有位队员说着说着就掰，廖新波急忙说，别动。廖新波叫人数了数，总共21条。这21条香蕉，怎么分呢？6支分队，74人，但是廖新波说还得分，至于到了分队之后怎么分他就不管了。确实，后来怎么分也没有去问了。大家却也其乐融融，驻地里充满了欢乐的笑声。

这些队员的要求，就是这么简单。面对艰苦，每个人都有自己的价值观和人生观。在这里，大家只有一个心愿，受些苦，受些难，但只要能换回受灾民众的生命与健康，这又算什么呢！

正当廖新波挠头无奈的时候，援军及时赶到了。太阳刚过山顶，前来运送物资的广东省卫生厅应急办主任伍岳琦、医政处副处长冯宏祥和两位广州媒体的记者带着一些补给品赶了过来。廖新波连忙迎了上去，“可把你们盼来了！”他紧紧握着伍岳琦的手说。伍岳琦一边卸下补给品，一边汇报情况。原来，自从广东医疗队14日晚上

出发赴映秀镇后，厅里便一直密切关注广东医疗队的进程，专门为医疗队配备的给养和帐篷、药品等物资，装满了两辆救护车和一辆吉普车，但由于道路不通，这些物资根本无法送到医疗队手里。前两天，广东省驻西南办事处、四川省卫生厅等单位都曾组织过给广东医疗队运送物资，也请求离该医疗队最近的指挥部提供物资，但是均以失败告终。

无奈之下，伍岳琦只好安排兵分两路：一路走水路，物资车搭乘漕船渡过岷江，然后由紧急召集的志愿者队伍“老兵突击队”人力背负，前往广东医疗队营地；另一路走陆路，从公路进入映秀镇。但不巧的是，水路和陆路都遇上了障碍，所以一直未能到达。而他们4人，早已经按

捺不住着急的心情，便决定径直先赶来这里，与医疗队会合。后来，在映秀镇渡口指挥部的帮助下，伍岳琦、冯宏祥和两位随行的记者，各自背上肉脯、睡袋、从成都带来的熟鸡蛋等物品登上了冲锋舟，沿着岷江一路上行，然后步行来到了映秀镇。

因为冲锋舟负载有限，所能携带的东西均有限制，所以他们带来的东西并不多，但这些物资给队员们带来了不少惊喜。

“哇，有榨菜！”一些年轻队员看到他们从袋子里拿出了6袋小榨菜，齐声欢呼起来，如获至宝，毫不犹豫地伸出了手。而年纪大些的队员，也目不转睛地盯着那几袋榨菜。廖新波对着伍岳琦一笑，说：“没办法，这里缺盐啊！”

“只准吃一袋啊，其他都不要开。省着吃！”一位老队员警告说。这种榨菜，在广州街头几乎是最便宜的食品，大概平时没有人会看得上眼，但来到这里，竟身价倍增，因为队员们实在是太缺盐了。接着，伍岳琦、冯宏祥开始分发带来的午餐肉和熟鸡蛋。

“两个队员一罐午餐肉啊，不要多拿。”廖新波看着欢呼的队员们，发出了命令。即便如此，连续几天没有吃过一顿正经饭菜的队员们，还是吃得喷香。这一顿，也许是他们来到映秀之后吃得最美味的一顿，也可能是他们人生中最丰盛和最有感触的一餐。

“廖厅，这里也太苦了。”随行记者看着队员们的吃相，忍不住感叹说。

“是啊，我这个连长一点也不好当。”廖新波说。

“连长？”记者诧异地问，“廖厅，您怎么变成连长了呢？”

“呵呵，在这里啊，我就是一个连长，我带出来的是111号人，现在映秀的只有83号人。而且我这个连长啊，没有通信员、炊事班、勤务兵、司号兵。”廖新波一边笑一边说，“就这个孙炳刚肩负起通信员、参谋和宣传员的职责，每天晚上就在电筒下写战报。”

“我们的廖厅从来就是一个连长。”听到这里，在一旁的伍岳琦忍不住意味深长地说。廖新波朴实地一笑，大口喝起粥来。更令他快慰的是，伍岳琦带来了一个好消息，原来在这天，中共中央政治局委员、省委书记汪洋，省长黄华华作出了批示，称赞“救灾队员的出色表现是全省人民的骄傲”。

这一天，还是全国哀悼日。下午，廖新波和全体队员聚集在漩口中学的广场前，在国旗下为“5·12”地震中的遇难者默哀3分钟。望着依然飘扬的国旗，廖新波心情激动，大概没有亲身经历过的人，一定不会知道那种揪心的痛。

紧接着，医疗队还举行了简单而意义重大的火线入党仪式。来自广东省人民医院的几名医护人员宣誓加入中国共产党。在抗震救灾的前线，医疗队员的心灵受到强烈的冲击，更加深刻地感受到党的坚强领导，感受到为人民服务的真正含义。队员们纷纷向党组织递交入党申请书，积极要求入党，这几名队员就是其中的佼佼者。在宣誓的时候，他们都露出了坚定的神情，斗志昂扬。

2. 爱兵如子

临行前，雷于蓝副省长反复叮嘱廖新波，一定要带好这支队伍。入川以来，信息一直封闭，广东的同志们以及卫生部的领导们无不担心，在有了信号的那天，雷于蓝副省长亲自给廖新波发来了信息：

廖厅：辛苦了，请代表我再次向医疗队全体医护人员表示慰问。听预报今明两天有6—7级余震，我们非常惦记大家的安全，作为领队，请务必采取措施保证安全，这样才能保全力量完成救灾任务。另，我们已安排好轮换队伍，什么时候出发由你决定。祝平安顺利！雷于蓝

事后廖新波说，这条信息给了他极大的鼓舞

和鞭策，廖新波是这样回复的：“非常感激领导爱兵如子之心！”

为了做好队伍的后勤工作，廖新波安排队员们轮流值班做饭。但这天早上，就遇到了一件让他发火的事情。

这天值日的是深圳队。深圳队有一位叫丁强的医生，主动请求担任大厨。廖新波看着这位高大的山东小伙子，有点不相信丁强能做好炊事工作。但人手不足，没有办法，他同意了。不过他留了个心眼，在忙乎的时候也抽空看看丁强的情况。

突然，运载伤员的直升机从头顶上飞过，直升机带起的气浪，把队里直径两尺的锅盖给掀开了，丁强却没有留神。廖新波和另外两个队员连忙用一块砖头和一块石头压住锅盖，谁知道一快一慢，有一块石头掉进沸腾的粥里。那可是一锅珍贵的粥啊，思来想去，廖新波舍不得倒掉。这时，丁强说：“让我把石头拿走吧。”说着就仗

着自己力气大，试图把沸腾的猪骨粥连锅搬开，廖新波一看火了，大声责骂丁强：“你怎么搞的？你不爱护自己，你烫伤了大家怎么办？我们怎么向你的亲人和单位交代？这不是给大家添麻烦吗？”

丁强其实也搬不动这锅粥，他脸红了，不好意思地走开了。廖新波意识到自己刚才太严厉了，但没有办法，在这种情况下，他已经无法去兼顾每一个队员的情绪了。经过死亡谷的经历后，他只知道他要保证每一位队员的人身安全。

映秀镇的救援仍在如火如荼地进行中。映秀毕竟是一个小城镇，在城镇里救援，难度虽然大，但是还有军民，还有政府，但在映秀镇周边的小村庄里，情况就不可同日而语了。这些小村庄坐落在偏僻的山涧、山坡上，根本就没有路，而且经常受到滑坡的威胁。有几回，部队巡诊的医生无法到达，还亲眼看到逃亡的村民被滚石击倒或滑进滚滚的岷江。刚开始的时候，指挥部一方面考虑到映秀镇急需人手，另一方面也考虑到广东医疗队的安全问题，并没有分配他们到小村庄去巡诊。但是，这些小村庄受破坏的程度一点也不亚于城镇，灾民们正迫切地等待着救援的到来。

17日，对于广东医疗队来说是一个不平凡的日子。这天深圳队在电厂进行紧张的抢救工作，队员饭也没有时间吃，一直守候在倒塌的电厂旁，一直到晚上9时才完成。当他们回来的时候，饭已经分完了。这时候，廖新波亲自掌勺为这些晚“下班”的队员炒菜，队员深受感动。其实，这里面还有一段故事。17日，依然是医疗队艰苦的日子，粮食和生活用品还没有根本解决。后勤组煮饭的时候总是“省吃俭用”，煮的东西基本是吃个半饱。这天，廖新波在旁看见这种情况，就叫大家先不要考虑现场抢救的队员，把饭菜都分了，等他们回来再煮一些热的。

廖新波无时无刻不在考虑队员们的生活，他爱兵如子，想方设法地让队员们都能吃好睡好，这样才能保持旺盛的战斗力。

3. 千里之外

说起广东医疗应急，什么都可以，就是应急通信不如部队，离开广州已经整整一个星期了，廖新波与他的队员一直在灾区忙碌，没有时间也没有办法与千里之外的亲人、朋友联系，报一个平安。在整个映秀灾区，就那土堆上的指挥部有一台海事电话，那里排满了等着报平安的灾民。

5月17日这天，广州市卫生局曾其毅副局长带着慰问团到了映秀。曾副局长与廖新波有着非常深厚的情谊，他们一见面，就有久别重逢的感觉，两人紧紧拥抱在一起，曾副局长连连举起大拇指赞道：廖新波，好嘢（好样的）！听别人说，曾局长治学有道，书生气十足，一般不轻易赞扬别人，甚至是老同学或老朋友。这次曾局长由衷佩服他这位老同学！曾局长将牛肉干拿出来之后，急忙将廖新波拉到一旁，把卫星电话拿出来说：“赶快打电话给雷副省长，他们非常焦急，担心着你们的安全。”

是的，就算在平常，四五天不打电话回家家人也会焦急，何况在这种恶劣的环境下。当时，社会曾一度盛传映秀发生了不明原因的皮肤炎和瘟疫，这让不明真相的家属们十分着急，甚至到队员们所在的医院寻求信息。还有一天，某个电视台在新闻里报道了一则假新闻，说广东医疗队有一死一重伤，这更是掀起了轩然大波。但因为队员们与外界的联系中断，所以也没办法澄清。队员们都希望手机通信能尽快恢复。每个人一有空就看自己的手机，期望能收到信号。但每天他们打开手机，都没有信号，不在服务区内。有时，偶尔有一丁点信号，却更加令人揪心，因为打进来的电话还没有说上话就断了。电话不通，也让千里之外的队员家属更担心。

廖新波拿起卫星电话，第一个就是拨通了雷副省长的电话，第二个是姚志彬厅长的电话，第三个才是他妻子的电话。因为他明白，领导知道他们平安，很多人都会知道，妻子知道只是少部

分人知道。也许有人会责怪廖新波无情无义，其实，凡真的汉子都会这样做，无情未必不丈夫。廖新波非常了解妻子，常年繁重的工作，妻子或许习惯了。当接通妻子的电话时，他感到妻子激动得声音有点发颤。妻子问安之后就将话题拉开：“我身边有你的朋友，他们都很关心你，牵挂着你，称赞你……注意自己身体，高血压药够了吗？”廖新波听到这里，泪水已经禁不住地往下流，谁说英雄不流泪呀！是的，廖新波有高血压已经5年了，在家里妻子总是提醒：“吃药了吗？”“量了血压没有？”经妻子这样一提，廖新波才发觉所带的药只剩下两天的量了。

其实，廖新波与其他队员一样，放不下对家人的牵挂。只不过他更隐蔽罢了。

无法与千里之外的亲人们取得联系，不仅是廖新波的遗憾，也是全体医疗队员的遗憾。亲人就是他们最坚强的精神支柱，亲人的慰问和牵挂是激励他们的精神力量。然而，地震将通信隔阻

了。队员们一方面承受着灾难的巨大心理压力，另一方面还要担心家人的情绪，这造成了他们的双重压力。在出发前，厅里虽然为医疗队配备了卫星电话，但为了节约资源，廖新波很少动用卫星电话。众多队员里，也只有少数人在初到映秀时，使用过卫星电话向家里报平安。廖新波还记得护士许庆敏通过卫星电话和朝思暮想的父母说话的情形，听筒的那边传来了她父母的亲切声音，她却久久无法张口，只匆匆说了一句“我到了，没事，不用担心”，就挂机了。只见她挂了电话后，神情感伤。廖新波知道，那是她不敢告诉他们这里的真实情况，不敢让自己的亲人知道他们现在的处境。

廖新波打完电话之后，队员一个接一个地向家人报平安。有一位广州市第一人民医院的男队员是这样跟妻子和女儿通话的：

“女儿，乖吗？爸爸出差很快回来的，在家要听妈妈的话，做作业呀，不要撒娇，在幼儿园要听老师的话，做一个好学生……”

“你对女儿说爸爸上夜班，白天就回来的，如果到了星期天就说我到外面开会去了……”

说着说着，这名男队员的眼圈也红了。

有一位姓孙的医生的女儿在报纸照片上看见爸爸双手脱皮了，哭了好几天。

5月20日之后，映秀可以断断续续通电话了，但接通的几率非常小，可以说根本无法通上话，只能通信息。这下更惨了！不通就不通吧，知道不通。但是通了为什么不接不回复呢？

在他们那里就有一个捉弄人的故事。这个故事与5月19日肩负重任飞往重灾区耿达的昌耘冰相关。虽然他们将队里唯一一部卫星电话带去耿达，但是他们为了应付突发事件一直没有开机，其实他们这种卫星电话只能打进不能打出，再者，耿达的情况更加糟糕，信号非常弱，常常要爬到三层楼高的危楼上打。还有就是这卫星电话的电池已经老化，根本充不了电。这意味着卫星电话成了一块废铁。这时候，昌夫人就焦急了，通过医院的书记找到廖新波，一再嘱咐叫昌医生打一个电话回家，家里老人惦记着他。可是，廖新波又怎么打呢？他只好跟昌夫人说，他一切都很好，叫我们转告你不要挂心。这下可好了，为什么他不跟我讲要你转告呢？昌夫人亲自给廖新波发了信息：

尊敬的廖厅长：您辛苦了！很冒昧地打搅您，我是您的部下昌耘冰的爱人。这段时间我一直有跟踪你们的消息(上网、电视、报纸)。前天阿昌到耿达后就没有太多的信息，因此我万分担

忧。刚才省医的江科转告我，已收到您发给她的消息，说一切平安！谢谢您！今后我可以直接给您发信息了解阿昌在耿达的情况吗？

廖厅您好！昌耘冰回到映秀没？急盼消息！万分感谢！

廖厅您好！如果有可能叫阿昌给我打个电话，家里老人心急如焚，想听到他亲口说个平安！拜托！

这几天，廖新波安抚她说一切都正常，挺好的，没有事，没病没痛，就是艰苦一点。但她说什么也不信，以为是在欺骗她，不想把不幸告诉她，她一定要廖新波保证，要他通知队员给家里打一个电话，一定要听到队员的声音。廖新波保证了一次又一次，对方才心有不甘地放下了电话。后来，昌医生与家人接通了电话，才稳定了妻子的心。

还有一次，有一位记者采访完了医疗队后，跟队员们说，如果他们有想带给家里的消息，她到了成都，会给他们的家人一一打电话。结果她收到了密密麻麻的5页纸，正反两面，全是队

员们家里的电话号码。大伙一再嘱咐记者，跟领导报平安的时候可以实话实说，跟他们家人一定要说这里条件非常好，很安全而且吃住都不错。有的叫记者告诉他的孩子，爸爸在这里每天都有猪肉吃，可天真无瑕的孩子在写作文的时候竟这样写：“……爸爸和他的同事去四川抗震救灾了，那里很好，每天都有猪肉吃，就是打不通电话……”亲人们固然担心，领导们也同样担心。自从队伍离开都江堰后，电话信号就中断了。汪洋书记多次问雷于蓝副省长他们的情况，也多次提及廖新波，而雷副省长更加着急，不停地追问卫生厅到底队伍到了哪里，情况究竟怎么样了，有没有伤员，有没有困难。她还一再叮嘱，有信息要第一时间告诉她。

“大家都知道你到了映秀。都很关心你，老妈妈在家总是惦记着你，你有空给老妈妈打个电话，发一个信息也好，她会发信息了。”妹妹说，“你要注意安全，要照顾好自己，我为你感到骄傲！”“有可能的话带一个苹果傍身。”廖新波在妹妹面前总是表现得很坚强，总是那么自信。他心里非常清楚，也充满了幸福感。凡看过廖新波博客的人都会感觉他富有人情味，富有哲理思想。人最需要的就是亲人的支持，这是他到达映秀后最开心的时刻，因为这一刻，他听到了亲人的呼唤。但同时，他也更清楚了自己的职责，除了救灾之外，他还有另一个重任，就是保证全体队员的人身安全，让他们的亲人没有任何遗憾。

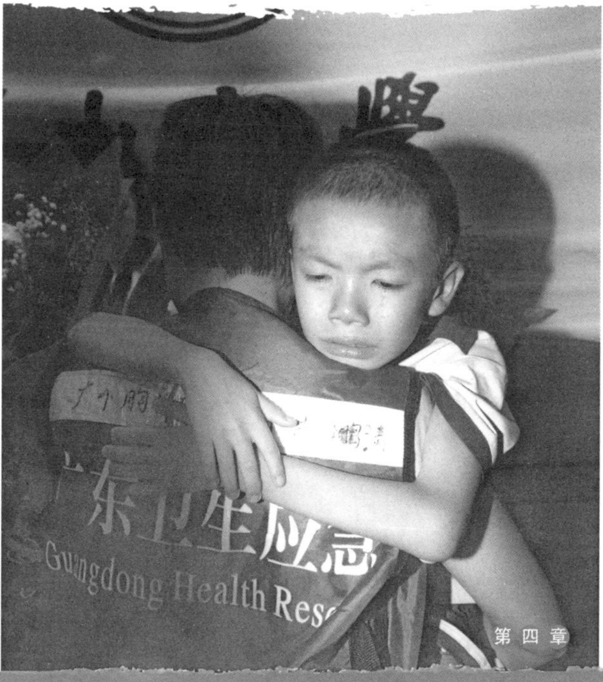

4. 天作帐篷地为床

5月21日晚上，一排排车灯突然出现在映秀灾区里，接着是久违的引擎声，从成都到映秀镇的公路终于通了。救援物资终于可以通过陆路直接运到映秀了。第二天，指挥部通知廖新波派人前去领帐篷，这让他喜出望外。这些天来，在映秀镇里，廖新波和队员们总觉得是在一个巨大的凝胶里生活，所有的一切好像都压在身上。晚上每隔一两个钟头，就会有余震出现，尽管有时余震级别很小，但足以把人摇醒。

因为居住条件恶劣，队员们晚上普遍休息不好，每一两个小时就醒一次。这下可好了，在这么多人需要帐篷的情况下，广东队还有四顶帐篷。怎么分呢？这可是连数学家陈景润都难以解答的世界难题。廖新波召集六个分队队长开“分房”会议。廖新波提议将两顶分给17名女队员，其余两顶请大家“研究研究”。有人提议按照年龄排序，这也是好主意。在这支83人的队伍中，周汉新、廖新波、徐如祥年龄最大，按照这样排下去，一直排到1966年7月份前出生的，共排出前20名，每个帐篷10人。“房”是分了，但是大家都没有住进去，最后成为“仓库”，用来堆放“战备”物资。队员还是情愿住在原来从广东带来的简易帐篷里。

这种简易帐篷像是小玩具，非常单薄，叠起来就像伞一样大，根本无法抵挡风雨。直升机起飞时，总是将它掀起，吹到几十米远。下雨时，雨水便顺着帐篷边渗透进来；白天，不管是晴天还是阴天，里面根本无法容人，闷热得要死；夜晚却又寒冷得难以入睡。他们就是在这样的居住环境下度过了最困难的日子。廖新波在日记中写道：

昨晚又是一个雨夜，雨水从帐篷底流入温暖的被窝，冰凉触动了疲劳的身躯，我彻夜难眠。清晨，我将垫被挂起时，水像珠帘似的往下淌。

为了防雨，防止尸水从外面返流到球场，很多队员离开了篮球场，在马路旁的人行道上搭起了窝棚。那情形就像电影《南京路上好八连》解放军进城睡街不扰民的样子。有一次下大雨，他们的窝棚给逃难的灾民“占领”了，他们不忍心将灾民赶走，就这样露天过了一宿。看到他们这样“窝囊”的样子时，廖新波的心情十分沉重。这些都是高级知识分子啊，可现在像难民一样躺在街边。为了灾区群众，他们放下了知识分子的清高和尊严，放下了所谓的面子，多么难能可贵！但这时，这些队员反而安慰起他来，说什么“天作帐篷地为床”，“当年的成吉思汗还不是这样征服了欧洲”。这些可爱的队员，总是那么信任他，理解他！廖新波又怎么不爱他们呢？能到映秀这里来，能在这样的环境下熬下去就值得敬佩。

几天后，也就是交通基本解决时，帐篷充裕了。大家从温家宝总理5月24日在映秀对全世界的讲话中了解到，当时帐篷是最紧缺的物资之一。廖新波马上叫陈盛等人与当地民政局领导联系，无论如何要解决帐篷的问题。当时，在援助队伍中，就是广东医疗队不是住在“规范”的大帐篷里。“帐篷也不是这么好领的”，廖新波说，他们用了好几天才慢慢补充完毕。从此他们有了自己的“家”。队员们医疗技术过硬，作风过硬，搭帐篷的技术也大大提高，20分钟就完成了一顶。有了一排排井然有序的帐篷，队员们精神多了，他们的旗帜也就飘得更威武。这些帐篷

很厚实，也够宽敞，稍挤一点的话，可以睡上6—8人；如果宽松一点，行李多的，就只能睡4—5人。他粗略地估算了一下，这批帐篷基本能解决医疗队住的问题。队员住的问题解决了，廖新波这才松了一口气，这预示最艰难的日子过去了。

把所有人安排妥当后，廖新波却发现原来同铺共眠的队员们将自己“赶”了出来。开始，他一直和南方医院的陈建庭主任睡在一顶狭小的野营帐篷里；后来，住入那七人睡的帐篷里。这种艰苦的日子真的有点“住惯”了，他们舍不得分开。虽然把廖新波“赶”出来了，可原来的那六名队员也没有因为帐篷充裕而“分居”。他们将廖新波“赶”出来其实也很难过，他们理由充分：粮食和生活用品是战备物资，必须妥善保管，必须由廖厅亲自保管，让廖厅来做仓库管理员吧。就这样，一边商量一边帮廖厅找木板铺床。

当时的食品、生活用品非常紧张，虽然后来也有志愿者送食品和水来，但是必须考虑到突发事件，因为当时还有很多道路没有打通，打通的道路随时可能被余震引发的泥石流淹没。所以，不得不留有战备物资。当时他们舍不得吃和用，储存了大批物资，后来留给第二批队员时，足足装满了两个帐篷。在最艰难的时候，他们都是按人头配给的。廖新波说，他当仓库保管员也不“称职”，常常知道有队员到仓库取食，却是睁一只眼，闭一只眼。在“敢死队”去耿达的时候，他又将最好的食品给这些远征的队员。在最开始的几天，由于分饭、分菜出现不公平现象，有队员就向廖新波反映，不能按人头分，应该按体积分。廖新波听后很心酸，最后对后勤组组长杨爱杰说，多煮一点，灵活一点，队员都很辛苦，晚上都饿得难以入睡。

确实是这样，有的队员没有办法也打起小灶来了。由于医疗队的行为感动了旁边医院、部队和群众，有些队员经常能收到一些食品，有腊肠、啤酒、水之类的东西，这些东西难以平分，就自己“处理”了。有的队员认为这样不好，影响团体精神。廖新波这时可会处理了，他走到“私分”食品的队里，首先和大家喝了一口啤酒，拉起家常，了解工作情况，最后说：“我知道大家都很辛苦，年纪大有年纪大的困难，年纪轻有年纪轻的苦衷，但是我们是一个团队，患难与共，分甘同味才是最甜的。”后来，队员有了“战利品”都交公了。

这里还有一个关于床的故事。

床，是最重要的生活用品，大家都知道，可是在灾区，广东医疗队第一批队员从开始到离开，没有人睡过一天床。他们都是把从废墟捡回来的木板垫底当床。每当遇到下雨夜，一早就有一个规定动作——晾被子，被子都是湿的。

一天，不知道哪家公司送了一张床到营地，给谁呢？大家首先考虑的是给“长官”，给年纪大的兄长。廖新波排行第二，理应给他。但是他不要，他说：“与队员同铺共梦才会感觉到什么是苦、什么是乐，与队员们睡在一起我才觉得心安！”大家一致认可，队里最辛苦、最劳碌的是廖厅，但是他死活不肯要。最后，这张床让给了队里的补给品——冬瓜和南瓜睡了！

后来在5月27日，第一批队员换岗时，南方医科大学的队员硬是将这张床当作礼物搬到了廖新波的营房，还将他们的被褥垫在廖新波的铺上，让他们的“连长”好好睡个觉。因为，廖新波还不能撤，他要在这里迎接第二批队员，在这里重建卫生体系。

这张床，在粤秀友好医院建成之时，成了该医院的第一张病床。

还有一个 “厅长专用杯”的故事。

队员住的这个地方，虽然说是映秀最好的，但是它与临时停机坪仅有200米远，飞机每天起降30—40次，飞机一起飞扬起的灰尘会让餐桌即刻铺上一层厚厚的灰尘，他们的锅底常常沉淀着厚厚的沙尘“汤渣”，他们的帐篷被巨大气流掀起来。有一次，可能驾驶直升机的是新手，居然将部队的大帐篷也掀翻了。因此队员面临的恶劣环境除了尸臭之外，最大的威胁就是尘土飞扬。因此，廖新波废物利用，将吃完的八宝粥罐头当作茶杯。为了防烫手，用纱布绷带将罐身绕起来。队员看了也纷纷效法。队员余斌教授看了就在上面写上“厅长专用”，防止大家拿错了，造成“院内”感染。

第五章　医疗铁军

进入灾区以来，“以最快的速度抢救更多的生命”，是广东医疗队的理念。在医护人员的生死救援下，成百上千的“虞锦华”获得了新生。廖新波率领的这支“蓝马甲”队伍医术精湛、作风过硬，被誉为“医疗铁军”。

1. 最有战斗力的医疗队

5月22日，地震已经过去十天了。救援人员仍在映秀镇搜索，但生命探测仪器发出的信号越来越弱。根据一般的惯例，地震之后的24小时是救援的“黄金时期”，如果情况良好，或许能延长至72小时，这是灾民生还最重要的一段时间。但现在已经过去了近240个小时。许多人早已经在瓦砾中失去了生命。

进入灾区以来，“以最快的速度抢救更多的生命”，是广东医疗队的理念。在医护人员的尽心抢救下，成百上千的“虞锦华”获得了新生。截至22日这天，广东省医疗系统先后向四川灾区派遣医疗防疫队员581人，派出医疗救护车、防疫消杀车、卫生监督车、现场检测车等112辆，调集药品、消杀药械等各类物资总价值约1980万元，

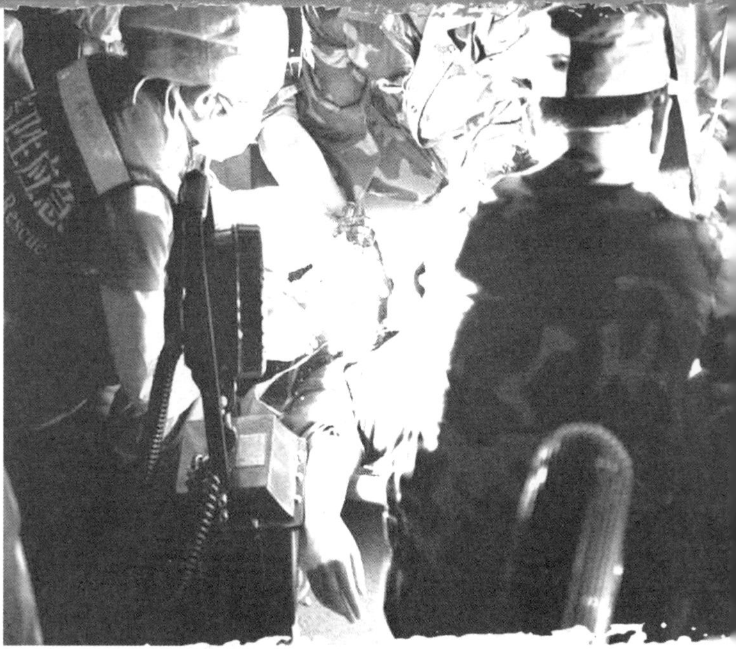

调运血浆47万毫升，先后救治、转送轻重病人3500余名，消杀面积83.09万平方米，对38840名灾区群众进行了健康教育……在这些看得见的数字里，最引人注目的，就是廖新波率领的这支“蓝马甲”队伍。

这是一支医疗铁军，在进入映秀不久后，他们就以出色的表现获得了国务院抗震救灾医疗防疫组组长、卫生部党组书记高强的高度称赞。中共中央政治局委员、广东省委书记汪洋也在《广东赴四川抗震救灾医疗防疫工作快报》上作出重要批示：“抗震救灾医疗队与参与救灾的公安、武警官兵肩负9000万广东父老乡亲对灾区人民的深情，代表着广东人的形象，你们的出色表现是全省人民的骄傲……”

在灾区，指挥部的侍俊书记每次前来考察，

都竖起拇指说，广东队好样的，广东队是最优秀的。医疗指挥部的总指挥对廖新波说："你们的工作最有效果，你们是实力最强的，也是最能吃苦耐劳的，所以最重要的任务也要交给你们了。"后来，很多后续的医疗队伍到了灾区，在安排任务的时候，指挥部也总是说："广东医疗队最先到达这里，做了许多开拓性的事情，你们也可以做一些。"一位前来采访的记者也对廖新波说，他走遍了四川地震的重灾区，觉得广东医疗队是最艰苦的，也是最有成效的。

这位记者说出了实情。的确，在众多的医疗

队中，广东医疗队是最有战斗力的队伍之一。这支队伍的医生几乎都是教授和副教授级别的，是广东各医院的名医，而护士们也是各医院的优秀工作者，他们用精湛的医术挽救了伤员们的生命。而同时，也是这样的一支队伍，被冲锋舟送进对岸后，便没有人再帮他们了，他们只有自己扛着所有的设备和药品，在滂沱大雨中沿着不停有塌方的山路步行入映秀。在映秀，他们面临着食品短缺、交通中断、通信断绝等种种困难，艰辛地完成了各项任务。他们以实际行动获得了一致的赞誉。当地人都称他们为“最有战斗力的医疗队”。这个评价不但说出了他们的精湛医术，也道出了他们吃苦耐劳、不畏艰险的精神。

回想起来，廖新波觉得自己的队伍自进驻以来，就一直像战士一样在战斗。譬如徒步穿越死亡谷，他至今还记得脚下岷江的滚滚洪流；又譬如分兵耿达，那一封封遗书和潦草的字迹，至今还在他的眼前……每一个片段都彰示着这支队伍的战斗力——队员们就是战士，灾情就是命令，在千里之外的四川灾区，广东队用忘我的投入和热情奏响了生命的狂想曲。在这支队伍中，有白发苍苍的博导、教授，有芳龄二十的年轻护士，他们都为挽救生命鞠躬尽瘁……当非典蔓延中国大地时，是他们用生命击退死神的威胁；当手足口疫情突袭花朵般的婴孩时，是他们用爱呵护生命！

2. 医生使命

一支队伍的战斗力从何而来？廖新波不断地思考着这个问题。在他看来，这一次的任务不仅是救人，还应从中吸取经验，为以后的自然灾害或公共危机积累救援的经验。从一开始到现在，他就没有停止过思考。他觉得，说到底，这支队伍的战斗力来自对医生职业的价值判断。

刚刚到达映秀的时候，有的队员能做的事情不是太多。这些队员都是各个领域的专家，最擅长做手术，但在映秀，多数人只能处理一下余震

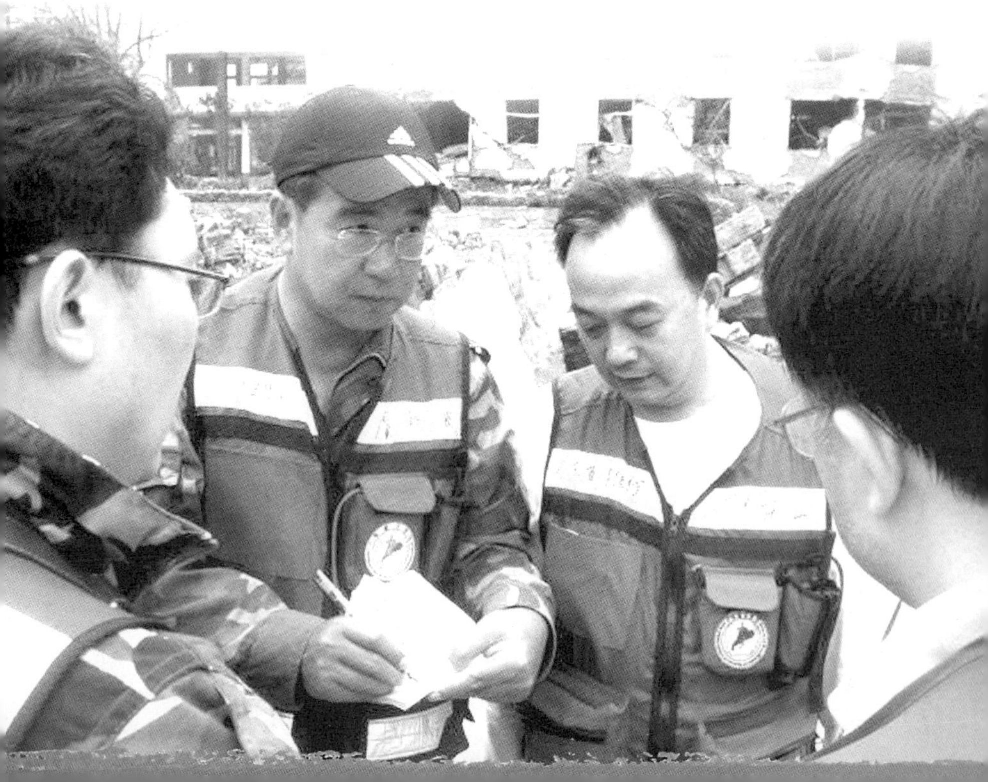

造成的伤口，或者晚上给解放军官兵脚底处理个水泡什么的，再就是消毒。他们不停地申请任务，说应该把他们放到附近医院里，一天做十台手术都没有问题。

然而，随着救援工作的推进，他们开始忙乎起来。但并不是在手术室里，而是在各种不同建筑物的废墟中，是在瓦砾中。这时仍有不断的余震。这是一个考验人的时刻。在灾区里有许多小故事，讲述余震到来时的情况。如在成都，有一个医生为孕妇做剖宫产手术，丈夫本来在后面等待，这时候余震来了，丈夫却跑了，医生对孕妇说：“不要怕，有我在。”最后，他将孩子顺利地拿出来，才和孕妇一起离开现场。

余震来的时候，医务人员不能走，因为是职责所在，而救援探索人员没有必要留在现场，因为没有必要作无谓的牺牲。这就是医生的高尚情操！丈夫都可以抛妻弃子，但医生却与患者一起，这就是天职。

广东医疗队的队员们就恪守着这一使命。他们在瓦砾现场里，但凡是正在做手术或正在抢救病人的过程中，即使发生余震，也没有一个人逃跑，没有一台手术中断。在废墟现场做手术，队员们不但身处极端危险的环境，还必须承受巨大的身体痛苦，钻进缝隙，用十分别扭的姿势进行手术。这比起那些地震一来就撒腿快跑，事后还为自己辩护的人，不知道高尚了多少倍。

医生也是普通人，但在此时此刻，他们的天职

就是救死扶伤。哪里有病人，医生都应该义不容辞，这是广东医疗队每一个成员的真实想法。如果不是医生，那么还去震中干什么？既然是医生，不救病人，又算什么？所以无论是一般的巡诊、接诊，还是在瓦砾中的救援，广东医疗队的队员们都会异常认真地对待。

廖新波相信，广东医疗队的队员没有谁是为了当英雄而来的。从踊跃报名到勇闯死亡谷，到废墟中的战斗，他们都表现出大无畏的精神，表现出医务人员高尚的情操。不只是广东医疗队的医生，在这里的其他医生也是一样。在灾

区，盛传着这样一个故事：一位医生在现场抢救的时候，听到自己的女儿在喊："爸爸，我没有死！爸爸，救我。"结果这位爸爸先救了别人的孩子，他的女儿却死了。"我对不起女儿，可那时候听到别的孩子喊救命，我怎么能见死不救呀！"事后，他泪流满面地说。

听到这个故事，廖新波想起了自己留美时，在美国大学里每一个医学院的新生在入学前的庄严宣誓。他所熟知的誓言是这样的：

我宣誓要尽我最大的努力和最好的判断力去实现我的誓言：为了病人本人的利益，我将采取一切必要的诊断和治疗的措施……我将牢记尽

管医学是一门严谨的科学，但是医生本人对病人的爱心、同情心及理解有时比外科的手术刀和药物还重要……我要让自己记住，我不是在治疗一张病人发烧的记录纸也不是恶性肿瘤本身，而是一个活生生的人。他的病可能会影响到他的家人以及造成沉重的家庭经济负担。我的责任是要考虑到所有的这些事。这样做，才是真正替病人着想……我将记住我永远是社会的一员，我对社会也负有一定责任……

这誓言源自希波克拉底誓言，由Tufts大学医学院的校长Louis Lasagna在1964年改写，至今在美国被很多医学院采用。今天，廖新波突然对那句“我将记住我永远是社会的一员，我对社会也负有一定责任”有了新的理解，也有了新的诠释。他的队员们就是以自己的践行，兑现着他们作为医生的誓言。

3. 战场上的乐观主义者

顽强的战斗力除了战斗的精神、医生的天职外，不可缺少的还有面对困难时的乐观主义精神。凭借着这种精神，医疗队克服了种种困难，顺利地完成了各种任务。

在映秀镇，廖新波常常以身作则，把乐观主义精神传递给每一位队员。回首过去的十几天，廖新波也不知道究竟是怎么挺过来的，但这段日子里，他和队员们的相处充满了快乐。虽然面对的是艰险、艰苦甚至艰辛的环境，但这一路走来，自己带领着队员克服了一个又一个的障碍，看着一个又一个灾民获救，廖新波就打心底里觉得快乐。他有一种奇怪的想法，就是越艰苦，反而越有挑战性。每次解决一个问题后，他都觉得自己的价值得到了体现。

乐观主义很重要，能给人以无穷的力量。廖新波还记得在死亡谷里徒步行走时，队员们一边走在危险的路上，一边却说起了笑话；在赶赴耿达前的那个夜晚，接受这一任务的队员们，临走的时候还相约着回广州喝酒；在帐篷区，虽然队员们承受着常人难以承受的艰难生活和精神压力，但他们总是善于自我调节，相互鼓励。

队员里，肖建斌在过塌方区的时候伤了脚踝，脚肿得就像拳头，还到处跑着巡查，看望病人。每次见到他，他总是很得意地讲起他最喜欢的一个病人，就是他亲手救出来的那位伤员。那小伙子被埋了超过4天，抢救后发现居然没有什么大问题，还有力气跟肖建斌唠嗑："能不能告诉我你的名字？你是我的救命恩人，我能记住。"肖建斌每次都说："就你现在这样子，还是先忙着养病吧，我记着你的名字就行了。"临走时，小伙子对他做"V"的手势，而肖建斌也不忘回敬一个"V"的手势，"你们广东来的医生真有趣，看到他就乐起来咯。"肖建斌走后，小伙子还对护士说。

在广东医疗防疫队中一度流传着"博士厕所"，它的"发明者"是广东防疫队。彭志强博

士看到灾区不少临时性厕所不符合卫生规范，就和队友花了一整天时间，在河滩地上挖了两道两米深的壕沟，外面围上帆布。这样的厕所，在震后非常实用。于是，大家都管它叫“博士厕所”。

其实在映秀广东医疗队的营地里也流传着“教授厕所”、“厅长厕所”的故事。

在映秀，广东医疗队有83人，加上“邻军”就有200人。这么多人，根本就没法满足需求。有的队员还不习惯这种厕所，冒着生命危险走进倒塌的教学楼如厕，日子久了，倒塌的楼房内布满了“地雷”。这时候，廖新波到处去“考察”，看看哪里还有可“开发”的地方。终于，他在学生楼的外面找到了两口污水处理井。于是，他叫南方医院的陈建庭、余斌两位大教授一起架板，设围栏，把新厕所建立起来了，之后就成为真正有污水处理的厕所，每天放些漂白粉消毒杀菌。如果也为这厕所命名的话，可能就得叫“厅长厕所”了！

看着这些队员具有如此强的生存能力，廖新波开心了，心里深感欣慰，因为这就是他们的力量来源。

第六章　光荣使命

广东医疗队的救援工作得到了中央领导的充分肯定，得到了广东省委、省政府和卫生部的高度评价，得到了灾区政府和群众的由衷赞扬。温家宝总理、吴邦国委员长、贾庆林主席、李长春常委，卫生部陈竺部长、高强书记先后亲临广东医疗队营地，与队员亲切握手，并以“最优秀”、“最有战斗力”等语赞扬他们。

1. 第二次握手

5月23日早上，廖新波来到指挥部，参加每日的例会。作为广东医疗队领队，参加这个会议是廖新波每天必做的一项工作。这天，抗震救灾指挥部总指挥激动地告诉大家：“明天总理和联合国秘书长来视察我们的驻地。”听到这个消息，廖新波抑制不住自己的兴奋，危难时刻，总理又来了，而且是第二次到灾区。在抗击非典期间，那是2003年4月26日，温总理就在SARS最危险的时刻飞赴广东视察，了解疫情，并坚持到第一线探望医务人员，到广东省人民医院与医务人员握手

鼓励。当时的廖新波就战斗在第一线。

廖新波带着这个好消息离开了会场。临走时，他还带走了广东省卫生厅发来的慰问信。回到驻地，他召集队员们在漩口中学广场开会。会上，他宣读了省卫生厅的慰问信：

广东赴四川抗震救灾医疗卫生救援队全体人员：

四川汶川发生特大地震，人民群众生命财产遭受重大损失。灾情就是命令，时间就是生命！你们积极响应党中央、国务院和省委、省政府的号召，带着全省人民的殷切期望，肩负起广东45万医务人员的重托，第一时间奔赴灾区，义无反顾地投入到抗震救灾斗争的最前沿。

连日来，你们冒余震，迎风雨，战寒冷，顶饥饿，跋山涉水，昼夜兼程，辗转于险象环生的震区，历尽艰难险阻，顽强战斗在医疗卫生救援第一线，抢救生命，防范疫情，以实际行动重现了伟大的抗非精神，展现了广东人的良好精神风采！省卫生厅和全省卫生系统广大医务工作者感谢你们，并向你们致以亲切的慰问和崇高的敬意！

目前，抗震救灾斗争正处于攻坚阶段，希望你们以高度的政治使命感和工作责任感，继续发扬不怕疲劳、连续作战的精神，全力以赴做好医疗救治、卫生防疫和食品饮水安全工作，为夺取抗震救灾斗争的胜利作出更大的贡献。我们和你们的家人期待你们平安归来！

廖新波念信的时候，声音有些颤抖。这封信字里行间充满了厅领导的关怀，也充满了对他们的期望。他念完了慰问信，大家先是一阵静默，然后有一声鼓掌，接着所有队员都欢呼起来了。在那阵欢呼声中，廖新波知道那蕴含了太多，有艰辛，有思念，还有热情、鼓舞和信心。廖新波让大家安静下来，趁着这个机会，他用尽了全身的力气宣布：“明天，总理和联合国秘书长视察我们的驻地。”话音刚落，下面就炸开了锅。

“是真的吗？”队员们纷纷问。

“是真的。”廖新波说，“但是具体的时间还没有定下来，我们的工作还要继续。”

“要是他晚上来就好了。”有的队员有一点点失望，因为他们明天还要工作，不一定能见到总理。不过，大家仍然以热烈的鼓掌和欢呼，迎接了这个好消息。

5月24日，总理来映秀视察的消息被证实了。四川省卫生厅黄处长一大清早就来到了映秀，他说：“四川省委副书记来了，总理也将到。”廖新波听后异常兴奋，马上回帐篷，刮干净了好几天无暇整理的胡子，以表示对总理的敬重。这天，廖新波除了处理日常事务外，还会不自觉地看看天上。从早上至今，三架直升机降落了，又飞走了，来的都是中外记者。

直到中午11时左右，温总理的飞机终于到达了，徐徐降落在临时停机坪。引擎未停，面色凝重的总理便走下了飞机。远远望去，总理的身躯

很瘦小，然而，这身躯又是如此的坚强。

总理走下飞机后，从乱石路上走来，每一步都是那么从容和坚定！廖新波紧跟在财政部王副部长后面，近距离地看见了总理。因为连日的担忧和操劳，总理显得更加清瘦了，先天下之忧而忧，他的身上，承载着的是全中国的幸福安康。突然之间，廖新波觉得他的劳累，在鞠躬尽瘁的总理面前，是多么的微不足道。

总理徐徐走来，跟每一位迎接的同志握手。当走到廖新波跟前时，廖新波不顾警卫的阻拦，伸出了手。总理向他微笑并伸出了手。那只手的温暖，令廖新波感觉到了一股莫名的力量，使他忘记了所有的疲惫，激动地说：“总理辛苦了！我是广东医疗队的，我和您是第二次握手，那一次是在非典期间。”廖新波意识到这5秒钟不可能说很多汇报工作的话，必须非常精炼而让别人记住。这时候，总理停了停，看了一下他胸前的名字和单位——“广东省卫生厅廖新波”，说：“是！”紧蹙的双眉似乎要对他说些什么。但这时，前面的人也在等着总理，还要向世界宣布我国政府关于抗震救灾的重要决定。总理朝着廖新波坚定地点了点头，继续向前面走去。廖新波仍在激动之中，还有一点遗憾，要不是警卫员阻拦，也许在去记者新闻发布会这段路上，总理会听到广东医疗队的更多故事！廖新波知道，这是他一生中最重要的一个时刻，不仅仅因为荣誉，还因为这份责任和担当！是一种关怀在传播！是一种毅力在接力！

廖新波在回营地的路上一直在回味着五年前写的《非典时期的握手》：

握手是人类认可的一种礼节，没有国界，是友好的象征，是情感的交流，是心灵的沟通！握手，给人以问候、信心和力量！

一生中，记忆深刻的有那么多双手：自小，奶奶满布皱纹粗糙的手，是我甜梦的摇篮；爸爸强劲的手、妈妈温柔的手，伴我度过少年时代的风风雨雨；情窦初开之际，恋人激情的手，牵引我走过无

数风花雪月的清晨、正午和黄昏；初为人父，女儿稚嫩的小手，抚摸我心智日渐成熟……

从来不曾想过，有一双伟人的手会介入我平凡的生活；与总理握手，更是不曾入梦的奢望！代代布衣，总理对于我来讲，始终只是电视上那个遥不可及的伟岸影像！可是，在非典传闻闹得沸沸扬扬的一个普通黄昏，这个伟人镇定自若地出现在病毒肆虐的医院，微笑着走进我们的视野，在我们激动的心跳声中，款款伸出了他的手——温暖而柔软。这是领航的手、是掌舵的手、是指引方向的手，为我们带来关心带来问候带来信赖！这一握，令我热泪盈眶，浑身充满斗志和力量；这一握，让全体医护人员疲惫的身心如沐春风和阳光；这一握，传达了国家领导人定要战胜恶魔的信心和决心！难以名状的喜悦维持了好久好久……

直到新闻播出，西半球的朋友打来越洋电话相问。那一瞬，方知握手的分量：轻轻一握，便震撼了七大洲五大洋！——在人人自危的非典时期，温总理用他的真诚和睿智、淡定与大度，让13亿颗心随之感动，令全世界的目光为之战栗——敬爱的温总理用他的大智大勇完美地诠释了新时代中华民族大无畏的光辉形象！今时今日，我才读懂了“谈笑间，樯橹灰飞烟灭”的领袖风范；此时此刻，我方知“数风流人物，还看今朝”的真正涵义！

从此后，我愿为所有需要帮助渴望信任的人伸出我无私的手——轻轻一执或者紧紧一握——传递一份愿普天同好的美好心。

（发表于《羊城晚报》2003年5月26日花地版）

回到营地，队员们看见廖新波回来了，都围了上来，七嘴八舌地问：“总理真的来了？总理来我们的营地吗？跟总理握手了吗？……”这些可爱的队员，他们多么敬重总理啊，他们也很想见总理一面，握一下手啊！但在这个时候，他们依然选择了工作。廖新波只好向队员们讲述见到总理的每个细节，他希望将总理的温暖传递给每一个队员！

正在此时，卫生部党组书记、副部长高强同志来到了广东省医疗队驻地。高强书记是廖新波的老上级、老熟人了。早在非典时期，他们就曾并肩作战过。高强书记一直在关注广东医疗队的情况，在廖新波刚刚率队进入灾区时，他就点名表扬了广东医疗队。这次他的到来，也是特意安排的。他一边走进帐篷，一边和每一位队员握手，高度评价了广东医疗队的工作，称赞广东医疗队是支非常不错的队伍，希望大家再接再厉，夺取抗震救灾的全面胜利。最后，大家在一片欢呼声中欢送高强书记离去。后来，高强书记多

次在不同场合对廖新波的表现给予充分的肯定："廖新波还是挺能干的！"

这次高强书记匆匆忙忙，心事重重，没有留下什么指示。但他在不久前向全世界宣布：

事实证明，在危难时刻，我国的医疗卫生队伍是一支忠于国家、忠于人民、可依靠、可信赖、调得出、干得好的优秀队伍！

2. 委员长的评语

5月27日，又传来了好消息。指挥部接到上级指示，中共中央政治局常委、全国人大常委会委员长吴邦国今天将到达地震重灾区映秀镇视察。他视察时将经过漩口中学，也就是说，他很有可能会来到广东医疗队的驻地看望队员。

这个消息让全体队员都很兴奋。在映秀的这十几天里，随着道路的畅通，补给已经非常及时，队员们的生活条件更好了，情绪也一天比一天高。在这段时间里，国家领导人亲赴灾区现场，鼓励灾民们重拾信心、共建家园。这极大鼓舞了人们的士气，多难兴邦，在映秀这个灾后小镇，人们的心前所未有地凝聚了起来。

队员余斌教授建议，让广东医疗队的全体队员到营地门口列队欢迎吴邦国委员长。考虑到队员们上次已经错过了欢迎总理的机会，廖新波同意了这个建议。将近10时，在阿坝州州委书记侍俊的陪同下，吴邦国委员长来到映秀镇。他视察了灾民救济点、医疗点和灾区倒塌的房子，最后视察了广东医疗队的营地。

10时整，委员长一行人向营地走来。队员们早已列着整齐的队伍，站在营地外面欢迎了。由于人太多，首长的警卫过来了，想让他们解散，廖新波说："委员长要接见我们！"看着他们执著的样子，警卫也只好作罢。委员长走过来了，廖新波带头鼓掌，霎时，整齐的掌声响彻整个广场，回荡在映秀的天空。

委员长听见了掌声，微笑着向他们致意。他很体贴地和廖新波以及多位队员握手。廖新波紧紧握住了委员长的手，这是他第一次与委员长握手。这时候，侍俊作了简练的介绍，向委员长报告了廖新波及队员们如何步行进来，如何积极参与抗灾救治，并讲述了他们初来乍到时的困难和他们在救援期间的一些感人故事。委员长一边听，一边微笑称赞。委员长最后说了一句非常重要的评语，他的这句评语让所有在场的队员都终生难忘，他挥动着左手，称赞道："广东医疗队最有战斗力！"这是他对广东队的最高评价，也是对广东队艰苦工作的最高肯定！委员长的这句评语，让廖新波觉得他终于可以对自己说：我已经不辱使命了。

3. 意外惊喜

总理和委员长的到来，都是预先通知的。而全国政协主席贾庆林的到来，则是一个意外的惊喜。5月30日上午9时40分，贾庆林主席突然出现在映秀镇漩口中学，前来探访广东援川医疗队。由于事前并没有接到通知，在场的只有20多名队员。

陪同视察的阿坝州州委书记侍俊告诉贾庆林主席，广东医疗队是第一批进入灾区的医疗队。

贾庆林主席问廖新波，你们怎么进来的？廖新波说是走进来的。这时侍俊插话说，这是廖厅长，他带领的医疗队是最出色的！贾庆林主席听了，频频点头，并握紧了廖新波的手。一时之间，廖新波也不知道该说什么好，只好向主席介绍各位队员。贾庆林主席也与这20多名队员亲切握手，他的手坚实有力，握着队员的手久久不放。

廖新波陪着贾庆林主席来到了他们设在桥头的简易门诊，贾主席对医疗救治问题十分关心，不断地询问有关情况。他问医疗队现在救治了多少人。廖新波回答说，目前已经接诊4000多名伤员，部分队员还被空投到耿达乡开展救治和防疫工作。贾庆林主席听了以后，再次点头赞许。

意外的惊喜接连而来，中共中央政治局常委、广东省的前省委书记李长春也视察了映秀镇。老书记的到来，使广东省医疗队的队员们备感亲切，分外惊喜。6月3日上午11时，李长春常委来到了映秀。出于对老书记的尊敬和期盼，广

东省医疗队队员顶着烈日，拉着横幅，等待着接见。但由于行程紧迫，老书记视察完灾民安置点和官兵后，在警卫局安排下准备上直升机离开。在旁等候的广东医疗队队员们还没有来得及和老书记握上手，看着他离开的身影，大家都很焦急。商量如何才能吸引老书记的注意而又不失大体。大家说，喊！正当大家在商量喊什么字句的时候，廖新波灵机一动说，大家一起呼喊：“老书记好！广东队在这里！”当时有的队员犹豫了，觉得这样喊不太礼貌。

但李长春常委已经向机场走去了。这时候，广东省人民医院的杜鹃主任说，大家一起喊“老书记好！广东队在这里”。她首先喊了号子，队员们立即激动地挥动双臂，十分用劲地喊了起来。老书记听见了，但是被警卫拦住了。在准备登机的时候，他突然转过身来，双手举过头顶，朝队员挥手致意。这个转机使队员本来消沉的声音突然又激动起来，而且达到高潮，场景令人兴奋和感动，有节奏的呼声不断："老书记好！广东队在这里"。这时，老书记的广东情结使他不顾警卫阻拦毅然朝医疗队走来。医疗队员们再也不顾警卫的阻拦，一齐向前冲去，拥到了老书记跟前。老书记与廖新波他们一一握手，热情地鼓励队员们再接再厉。

老书记离开以后，队员们对刚才的表现十分满意。有队员说："广东队厉害，硬把首长活生生叫回来了。"但廖新波知道，老书记并不是被叫回来的，而是老书记太了解他们了，他是特意走回来，鼓励大家的。

4. 最高医疗长官查房

6月2日，国家的最高医疗长官——卫生部长陈竺也来到广东医疗队的营地，深入病房、宿舍查房。

本来，有消息说陈竺部长在6月1日儿童节这天到映秀，后来证实是6月2日。儿童节这天，队员买了书包、尿布、奶粉和书笔到渔子溪村探望灾区儿童。回来后，许多队员跟远在广州、牵挂着他们的家人通了电话后，就开始进行迎接部长查房的准备工作了。廖新波的一篇日记详细记录了这次查房的过程：

这天已经是抗震救灾的第20天了，这些天来，国家领导人接二连三的到来使映秀这个灾后的小镇隔三差五就沸腾一次。从中我们可以亲身感受到我们国家领导人对救灾工作的每一步进展是何其关注，尤其对汶川大地震的震中映秀镇。在这之前，分别有温家宝、吴邦国、贾庆林等党和国家领导人对映秀进行视察并先后亲临医疗队营地，与队员亲切握手，了解医疗队工作生活的情况，以“最优秀”、“最有战斗力”等赞语勉励我们。吴邦国委员长称赞“广东医疗队是最有战斗力的队伍”，确实是对我们全体队员付出的艰辛与磨炼的慰藉，也是对我们取得的成效和成绩的肯定。

20天来，我们经受了恶劣环境的考验，领导的认可和人民群众的赞扬是我们的精神动力。有人问我，在这段艰难的日子里让你最感动的是什么，其实令人感动的故事很多，我觉得在最困难的时候得到亲人的问候和领导的关怀，哪怕一句“新波，还顶得住吧？身体还好吧？”就可以使人激动好几天！

我们记得，5月19日，当映秀的信号基本恢复的时候接到四川省卫生厅沈骥厅长的信息：“兄弟姐

妹，地震灾情发生一周来，广东省的卫生战士们排除万难，冒着生命危险，深入我省救灾一线，为保障灾区群众身体健康和生命安全作出了巨大贡献。在此，我代表全省卫生系统表示万分的感谢和敬意！未来七至十天，将是夺取抗震救灾医疗卫生工作胜利的关键时期，让我们携起手来，为最后的胜利冲冲冲！全国卫生系统永远是党和人民的忠诚卫士，我们永远在一起！最后，让我们共同为死难的同胞，特别是为死难的医务战友默哀……四川省卫生厅厅长沈骥。”同样，后方的领导听到我们平安的消息时，心情与我们没有两样。5月21日，四川省卫生厅赵万华副厅长接到我的信息时的回复是："终于听到您的声音了，好激动。前两天，我专门给张市长请示你们下一步工作。我今天再次向他请示或您直接给他请示。向您和队员致敬。请多保重！"

在前一天，我们接到指挥部的通知，陈竺部长要来看我们，大家非常兴奋！我叫大家一早起来进行大扫除，以崭新的精神面貌迎接我们医疗卫生系统的最高长官！这时候我们的“粤秀友好医院”的板房建设已经进入第三天，整个建筑工程基本完成。我与队员们商量尽可能让陈竺部长看到灾后第一间医院是什么样子的。我还特意告诉大家，我们广东医疗队的旗帜必须高高挂起来，因为旗帜不仅代表了医疗队，也代表了广东人民，代表了我们的医疗卫生系统！一轮紧张的大扫除开始了。但是，还没有等我们打扫完，门外就有人喊，陈竺部长来了！我们还没有来得及集体列队，陈部长就径直走

进了我们的营房——粤秀友好医院，打破了我们原来预定的欢迎仪式。

陈竺部长身穿白色衬衣，汗珠还挂在两颊，一见面就把我认出来了，他说：“老廖，辛苦了！”我激动得不知道说什么好，连忙说：“难得，难得，非常欢迎部长到来！有失远迎，失礼，失礼！”他似乎没有听到我的客套话，继续说：“老廖，你们干得很好啊！谢谢你！”看来他好像已经对我非常了解了。其实我和陈竺部长初次近距离接触是在去年11月在南昌召开的医疗改革方案研讨会上，会间与部长聊了几句，之后就少有接触。陈竺部长与我寒暄几句后就直接进入他考察的主题。大家很清楚，陈竺部长始终贯彻“预防为主”的方针，他上任之后就主张我们要解决的不是13亿人的吃药问题，而是少生病和不生病。所以，他对我们救灾之后这么快进入灾区的医疗卫生体系建设非常感兴趣。他对我们的做法给予很高的评价。肯定我们，灾后重建工作不仅要考虑战备医院的建设，还要兼顾将来卫生院“六位一体”的综合建设。接着，他着重提到传染病的网络直报系统要尽快建立起来。我告诉他，很快就建立！随后，他对这个1000平方米的医疗区进行了参观，当听说所有的科室基本都建立起来，原来的卫生人员基本到位时，他很高兴地说：看来映秀卫生院的重建可以作为今后灾区卫生院重建的模式。此后，“映秀模式”就诞生了。

陈竺部长的视察与其他首长不同，他就像我们的大家长一样，看了病房之后特意要看我们的生活区，仔细地视察我们的饭堂和厨房。看到我们的熟食桌上有几个苍蝇在飞时，他特别强调：“你们一定要注意卫生，如果我们卫生人员因为卫生出问题，那就不好说了，一定要注意卫生呀！”听了部长的教诲之后，我除了腮帮子有点发热之外，就是一股暖流涌上心头。多么体贴的大家长呀！自从部长这次考察后，我们营区的卫生大为改善，熟食桌也用蚊帐当纱罩罩上了。

就在这天中午1时许，中共中央政治局委员、广东省委书记汪洋同志直接跟我通话，他在电话里

说："广东省医疗队及所有在灾区参与抗震救灾的同志的杰出表现，为全省共产党员和干部群众作出了榜样，得到了中央领导的充分肯定和灾区人民的高度赞扬。省委、省政府感谢你们！全省人民为你们感到骄傲！"

我们觉得我们很充实，我们觉得我们很幸福，因为我们不辱使命，因为我们的人生因此而更加丰满！

第七章　川粤同心

在短短的时间内，广东医疗队与灾区人民建立了深厚的情谊。返粤的队员怀念着巴蜀淳朴善良的老乡，灾区人民也忘不了广东医疗队的队员们。大灾有大爱，越是在这种环境下，越能体现人们守望相助、众志成城的精神。

1. 雪中送炭

在此次抗震救灾中，广东医疗队也得到了后方同胞的大力支持。

由于信息与交通的中断，广东医疗队一度出现粮荒和生活困难。后方虽然知道他们的困境，但无力相助。当时，部队的空中生命线也没有办法满足部队的供给和救灾物品的输送。

5月17日，这是广东医疗队最难忘的一天。这一天发生了很多事情！其中奔赴耿达的任务也是这天下达的，还有就是第一支后勤队伍也是在这天步行到达！随后到达的还有一些企业，地奥、康弘、科伦、康美等公司在患难之中慷慨解囊，冒着余震与山路崎岖的危险赶赴映秀灾区，为广

东医疗队提供后勤物资的组织、供给以及运输，既为政府排忧解难，也为队员解决了生活上的燃眉之急。参与这次后勤补给的还有很多团体，如广东的车旅假期、生活无限等社会团体也不辞千里送来大批生活物资，使广东医疗队的生活得到极大的改善。在这些开展爱心行动的队伍中，大部分在灾区有工厂和产业，他们的工厂和产业在地震中也受到不同程度的破坏，但是他们为广东医疗队的精神所感动，情愿自己灾后重建的步伐放慢一些，也不能让广东医疗队在艰苦的环境下受煎熬。

四川科伦广东公司王颖雯以满怀感动的笔触写道："廖厅：为你们的艰辛付出和对灾区民众的大义善举而深深感动！请您和同事们保重！有

任何需要请吩咐我。”

四川地奥的老总是这样对廖新波说的：“廖厅及医疗队的全体专家：您们辛苦了！您们第一时间赶赴重灾区实施救助，并且在最艰苦的条件下坚持至今，令人敬重和钦佩！不知我能做些什么，有何最需要的物品？请尽管吩咐，我们一定尽全力想办法解决！能做点什么是我们最大的欣慰。如有需要，我们争取自己找车进来，或者通过伍主任送进来。”

当然在需要的物资中有些是廖新波难以启齿的，这时候，广州华立万特的一位经理就很婉转地提醒廖新波：“廖厅啊，你们需要我们带些什么东西过来？哦，别忘记关心一下女同胞。听说急需卫生巾，你问问她们需要吗。”廖新波回复说：“我特害羞的，怎么好意思问呀。”广州华立万特的经理说：“哈哈哈，害什么羞啊！都是革命同志，我准备好了就跟她们说，这是廖厅长特意交代的送给你们的礼物。”廖新波看了这信息，会心地笑了。

还有廖新波一些朋友用语言来表达对医疗队的支持："你用你的爱心、责任心、同情心赢得世人对你的尊敬！你需要我们帮助的话，请告诉我们，我们可以组织！"

无疑，物质与语言带来的精神享受是无法形容了，也只有身临其境的人才会感觉到它的能量。廖新波有这样切肤之感受："没有经过风雨的人，是不会欣赏彩虹的美丽的！"

广东医疗队的女队员对廖新波这样的领导无微不至的关怀由衷感谢，难怪在离别时，她们要拥抱她们尊敬的"连长"。是的，那是情不自禁的！在那短短的日子里，女队员经历了比男队员更加艰苦的磨难！

由于没有估计这场救灾会这么艰苦、艰辛和持久，有的女队员以为"周期"刚过，也有的队员以为最多是一次而已，但是在那恶劣的环境下，精神和体力遭受极大的考验，内分泌系统紊乱了。病理专业出身的廖新波是这样形容的："你们这些'朋友'呀，不该来的来了，来了又不走了，就是会添乱。""不速之客"使她们措手不及，有的互相借用，有的用水洗。有一位队员确实顶不住了，到了远离营地3—4公里远的小溪用冰山雪水抹了抹身子，结果晚上全身无力，虚脱了。这可惊动了廖新波，后来经过专家的会诊，原来是中了"寒邪"！这种始料不及的情况经常出现。

有了供给，人的精神特别好，工作也特别有

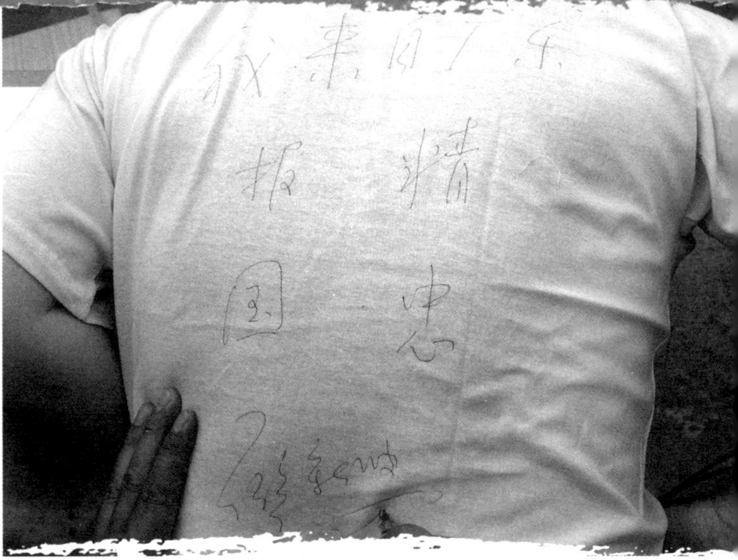

干劲。一些团体送来了衣服，队员们相互在衣服上签字留念。中山大学队的一位队员走到廖新波跟前说：“廖厅，请在我背上‘刺字’。”廖新波迟疑了一下，在他的背上“刺”了“我来自广东，精忠报国”。此后，也流传“波子刺字”一说。可见，在廖新波的带领下，广东医疗队团结和谐、同甘共苦、积极向上。

当映秀的医疗抢救工作基本完成时，廖新波就未雨绸缪，及时提出映秀镇卫生院的重建计划。这确实是一个具有智慧的指挥官才可以想到和提出的设想。他将自己的设想报告给广东省委省政府、卫生部和当地的指挥部，寻求积极的支持。但是问题的关键在于如何在短时间内筹集资金。这时候，廖新波积极向广东省卫生厅直接请示，同时向雷于蓝副省长汇报。广东省红十字会和广东省卫生厅在短短的时间里筹集了300万元，用于购置医疗设备，广州市政府和广州文创板房公司在三天内就建成1000平方米的板房。这时候，粤秀友好医院要在十天内开业还有很多工作要做，因此，廖新波向社会团体发出邀请。廖新波的号召力还是很大的，立即有不少团体积极响应，康弘、科伦、康美、地奥等公司利用地理优势对医院的筹办起了非常重要的作用。

广州科伦的一位经理给廖新波发了一条很有感触的心语："你们做的已经无人可及了！你们不畏艰险带给灾区民众援助和心灵的慰藉，感动着所有有良知的人。我们这个时代可以令人震撼和感动心灵的事件太少了，这次大灾的救援让我们所有人的心灵受到洗礼！让我们重新审视人与人之间的距离……"

2. 依依惜别

5月26日这天，广东医疗队迎来了抗震救灾工作的战略性调整。

在经过十几天的搜索抢救后，救灾工作的重点转向防疫和重建。根据这一安排，这天，广东医疗队将进行第一次轮换。前一阶段一直坚守在前线的队员们，接到了换防撤下火线的命令。与廖新波患难与共的74名队员，将于这天乘坐飞机返回广州。而同时，第二批医疗队员也将在这天来到映秀。

这一次轮换，廖新波选择了坚守岗位。有朋友得知后，给他打去了电话，一张口就说：“你到底有完没完？最艰苦、艰险的日子熬过了，也该功成身退了。看你熬坏身体，谁去可怜你！”廖新波知道那是朋友的一片好心，但是他始终觉得自己不能就这样退下来，因为他最了解这里的情况，前线指挥部和当地群众也非常认可他。这时候的他已经不是自己的，而是代表着广东，是属于卫生系统的。他向上级领导表明了他的态度。经过研究，厅里十分信任他，希望他继续把队伍带好。接到继续留下来的命令后，他给妻子打去了电话。

“还不能回来？”妻子有一点失望。但旋即又说，“那你要照顾好自己，不用担心家里，家里一切都很好。”妻子的温柔触动了廖新波的心弦，廖新波觉得一定要更好地完成任务，以报答一直都在支持自己的妻子。

其实，也有不少队员想继续留在灾区，尽自己的一份力。得知被安排先走的一位队员伤心得哭了起来，她找到了廖新波，又打电话向大学医管处、医院医务科争取支持！但经过多方考虑，廖新波还是决定让她先回广州。

5月26日，廖新波把队员们送到了成都。送别时，他心情十分复杂，既高兴，也内疚。高兴的是队员们圆满地完成了第一阶段的任务，而且完整无缺，一个不少！内疚的是，在这段时间里，尽管他已经尽了自己最大的努力去为队员们创造

良好的生活条件，但是在灾区，还是让他们吃了不少苦，也让他们的家人因此而担心。

廖新波和每一位要离开的队员握手，感谢他们，也希望他们在回到自己的岗位后，更好地为患者服务，为人民服务。离别的情绪感染了每一个人。虽然相处的时间不长，但是彼此之间早已结下了同赴生死的友谊，不少女同志流下了眼泪，拥抱着他们的波子大哥。有的队员说，我们回去了就不能与您在一起了，是否给我们抱抱呀？说着说着，大家的眼圈都红了。队员们既舍不得敬爱的领队廖新波，也舍不得映秀镇淳朴善良的老乡们。他们要求廖新波以后一定要组织大家来这里看看，再看看。

送走了老战友，廖新波心中有些失落。他带着一丝惆怅、一丝牵挂，从成都往映秀赶，他必须在下午5时前赶回映秀营地，因为第二批21名队员已于26日下午抵达映秀。廖新波牵挂着那些队员。加上漩口到映秀之间的白花大桥要实施爆破，将于17时至第二天早上6时封路，如果赶不上，就只能返回成都。事实上已经比公告时间提前开始封路了，廖新波打着“广东医疗队总指挥”的旗号，一路冒险冲关，终于在16时30分赶回了营地。

刚回到营地，军事科学院医学院王部长就向廖新波传达了最近的工作安排。接着，从指挥部里来了一位工作人员。原来是来转达映秀镇抗震救灾总指挥、第三军医大学王登高校长的调防消息，那位同志说王校长嘱咐他一定要亲自转达这个消息。廖新波十分感动，这些天来，他和王校长在工作上配合十分默契，两人已经成为好朋友、好兄弟了。听到这个消息，廖新波拿出了手机，按下了这些字句：

尊敬的王校长，我的好大哥！由于天灾，我们有缘在曾经美丽的映秀相识，真的不容易呀！昨天我队作了重大调整，换来了21名内科强将，

准备与您一同继续战斗，重建破碎的家园！可是，就是那一刹那，就在我去洗澡的那一刹那，您托人带来的问候我没有直接听到，但我知道那是多么的真诚，我听队员转达您的问候之后，鼻子一酸，坚强男子的泪也变得那么飘浮。因为这是难险时期结下的情谊！谢谢您！谢谢您非常体贴和照顾我这个不会带兵的小弟！也谢谢您理解和支持我的工作！您先离开了，一定有您更重要的原因，我留下来，也是省委、省政府的重托！等这里的卫生院建好了，我也走！祝福您！期望在近期重逢！

发出短信后，廖新波觉得好像仍未全部表达出他想说的话。但王校长马上就回了短信，同样

很长。短信是这样的：

亲爱的廖厅长，我的好兄弟，有缘在映秀镇救灾一线相识。您的才能、人品、敬业值得我学习！我也非常感谢您在工作中给我的支持和帮助。今生不会忘记您这位好弟弟！因总部任务调整，要我到理县负责卫生防疫工作，我得服从命令。我想与您和侍书记告别，又怕控制不住泪水，我委托吴院长转告，请您谅解！抽空去广州看您，您多保重，千万注意安全！

廖新波知道王校长读懂了他的意思，很是欣慰。这天晚上，廖新波还收到了雷副省长发给他的信息："我刚从机场接轮换回来的医疗队，大家精神不错。等你们回来时，我们会隆重迎接。保重！"虽然这晚帐篷里面渗满了雨水，但廖新波还是睡了一个安稳觉。这是这么多天来睡得最好的一晚。

3. 川粤情谊

截至5月28日，广东医疗队共救治、运送伤病员5168人次；防疫和卫生监督队消杀面积284万平方米，监督检查食品8826件次、餐饮加工点402间次、临时供水点209次，开展食品快速检测227项次；对91806名灾区群众进行了健康教育，对6802名灾区群众和救援人员进行了心理疏导。

廖新波陆续收到了已经回广州的队员们的短信。从这些短信里，廖新波读到了许多。他理解队员们的心情，因为他的心情也是一样的。虽然

他们只是在这里度过了短短的10来天，但在这10多天留下的深刻印象，可能远远超过了10多年。

厅长，您辛苦了！我们回来的人很想念您，希望您早日归来。

廖厅：您好。我是深圳的，回来以后时刻想念您，您平易近人、苦干实干、身先士卒的精神深深感动了我。

廖厅，我们的总指挥，我们的兄长，谢谢您在映秀对我们的关心和爱护，爱兵如子感动着我们，您指到哪，我们就到哪。回到广州几天，马上回到正常的工作中，发现这是最好的心理辅导，发现平常的一切都那么美好。

尊敬的廖厅，这次经历是我人生中最宝贵的一页。另外也让我重新认识共产党的干部，希望在以后的人生中能经常向您请教。

尊敬的廖厅，我是佛山高明的，多谢您的关心，您永远是我心目中最好的头，有空时请来高明看我。

廖厅长，您好！我是去耿达的。能与您一起在灾区奋战，感到由衷的自豪，您是我见到的最好的领导，我从内心深处敬仰您！您事必躬亲，带领我们抢救病人，带头杀猪、砌灶、做饭。真心希望能有机会再接受您的领导!

以上的短信是队员们的真情流露。队员们最忘不了廖新波在灾区为队员办实事的日子，队员们也忘不了映秀老乡的善良。只要是穿着印有“广东卫生应急”字样的蓝马甲的医疗队员，无论走到哪里，都能听到亲切的问候和致意：“你们辛苦喽！”“太谢谢你们了。”

队员孙炳刚至今还记得在他们刚到达映秀的那天晚上，一对刚刚失去孩子的中年夫妻听说他们来了，没有粮食，就做了一桶稀饭，送了过来。

在巡诊的过程中，他们看到一个小女孩，只有五六岁。小女孩已经好几天没有吃肉了，正好一位队员有一根没舍得吃的火腿肠，就送给小妹妹，但这时后面冲来一个小男孩，大声地责骂女孩：“跟你说不要随便吃别人的东西！”大家都很诧异，以为是灾区群众对医疗队不信任。可是，当他们问了这小男孩后，才知道他们的妈妈说了，医疗队大老远从广东来给大家看病，自己也没有吃的，不能吃他们的东西。

廖新波也忘不了他杀的那头猪的主人说的话：“我们习惯过年杀猪，做了很多的腊肠腊肉。现在人也没有了，家也没了，我们也要走了。这还有酸豆角，你们都拿走吧，我们也搬不动的。”她说话时是那么的平静，让廖新波久久不能释怀，不仅因为她的家破人亡，更因为她的高尚行为。

还有一名队员，在日记里是这样写的：“我作为一个护士，在为伤员换药打针的时候，常常因为他们的坚强而热泪盈眶。最让人感动的是，尽管当地粮食奇缺，老乡自己都不够吃，一位农民兄弟仍然送来一桶稀饭，硬逼着我们吃完，多好的父老乡亲啊！实际上，地震过后，老乡的家里已经没有什么东西吃了。”

是的，老乡们也许并不富裕，但是他们震前的生活是很安逸的。映秀，是一个美丽的名字，这里鸟语花香，溪水清纯。然而这场无情的灾害却把一切都撕裂了，突如其来的天灾让这些无辜善良的村民不堪回首，只剩下满目疮痍的凄凉。然而不管有多难受，他

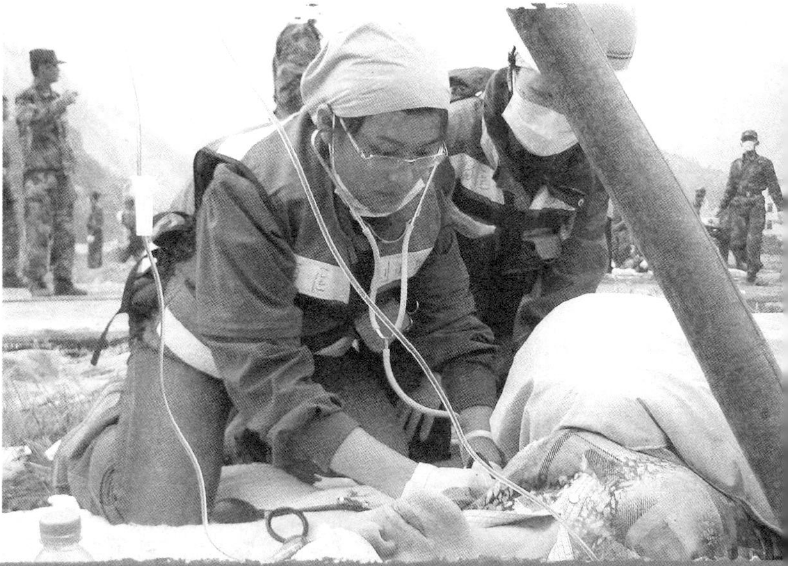

们总是显得那么坚强，依然坚守着这片生养他们的土地，抱着重建家园的信念。

灾区人民同样也忘不了医疗队员们。队员、护士许庆敏刚到映秀就为一位受伤的羌族老人消毒、包扎。那位老人拉着许庆敏的手，不住地抽泣：“没想到广东那么远，竟这么快派人过来，谢谢，谢谢……”还有一次，防疫小分队到龙坝乡藏族同胞聚居的瓜苏村，进行全面消杀，忙了整整一天。当大家拖着疲惫的身躯准备下山时，发现全村的男女老少在绵绵细雨中，等候在村口为大家送行。捧着圣洁的哈达，端着刚开封的青稞酒，老族长动情地说：“远方的亲人啊，感谢你们帮我们赶走了病魔，带来了吉祥，今天留不住你们，请你们一定多喝几杯酒，扎西德勒！”小分队的每个人都感动得流下了泪水。

大灾有大爱，越是在这种环境下，越能体现人们守望相助、众志成城的精神。

4. 未雨绸缪

5月29日，一天的阴雨，让帐篷里面渗满了水！幸好帐篷里还有一张床，廖新波才得以避开雨水。躺在这张床上，廖新波又开始想念起他的战友们。现在，第一批队友撤离后，驻地安静了许多，这让他觉得有些许的孤单。

但很快他就开始思考起工作上的事情。经过前一阶段的抢救和安置，现在灾民们暂时安定了。救灾工作也许很快就要结束了。在整个救灾过程中，医疗队遇到了很多问题。其中最大的一

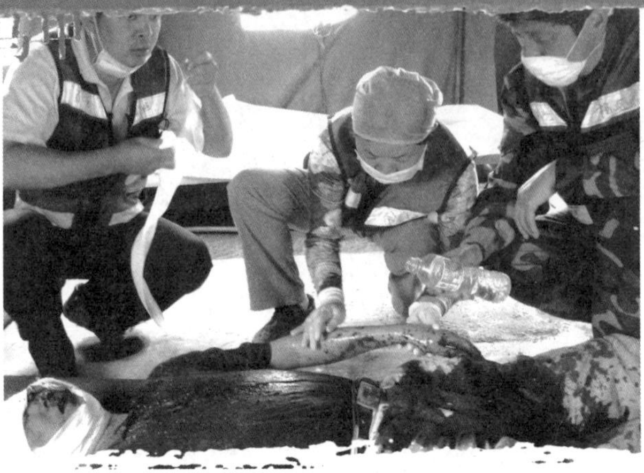

个问题是，病人救出来之后，没有办法在原地进行医疗救治，必须经过长途运送，转移到其他有条件的医院进一步治疗。这并不合理：一方面是浪费了大量的医疗资源，而且增加了大量的行政成本；另一方面，长途的运送，对于一些伤势特别重的病人，会加重病情，十分不利。

同时，廖新波也在考虑医疗队的将来。第一批队员走了，第二批队员来了。经过换防之后，至今广东医疗队还有20多名医生和300多名卫生防疫人员奋战在前线。队员们该做些什么呢？这20多名医生是广东各地医院的顶级专家，没有抢救任务，在这里就是浪费时间，浪费资源。而且，广东医疗队不会长年累月地驻扎在这里，以后，当地老百姓怎么看病？该怎样给灾区人民提供长期的保障呢？

“应该尽快恢复生产，而不是永远停留在悲伤中。”廖新波想，只有自救和他救相结合，才是最好的出路。建设一所医院的念头，萌生在他的脑海里。“等整体的重建规划出台、建设，已经来不及了！”帮助当地基层医疗机构尽快恢复运转，才是医疗队当前的第一要务。这个想法在他头脑中越来越明确。的确，在这种情况下，利用现有资源，帮助灾区建一所医院，或者说恢复震前地方卫生医院的结构也好，都是事半功倍的事情啊！

大胆假设，还要小心求证。廖新波把这个想法与队员们作了深入的交流，队员们对这个想法很感兴趣，提出了不少建设医院的具体建议，一时间，大家情绪十分高涨。得到了队员们的支持，廖新波专程找了当地镇委和卫生院的领导，征求他们的意见。他们也不约而同地支持他的设

想。经过实地考察和深入测算，廖新波才将这个建议上报给广东省政府和广东省卫生厅。由于这个建议十分切合灾区的需要，省里也一致赞同在灾区建设一所医院，并很快筹集到了建设经费，效率之高，远远出乎廖新波的意料；而在另一方面，镇领导也报告了州指挥部，指挥部对广东医疗队积极务实的做法十分赞同。

在医疗指挥部里，有人建议把医院命名为“战地医院”，但廖新波认为此时主要仍是恢复医院的功能，以便灾区人民能尽快恢复正常的生活秩序。大家都同意他的说法。于是，廖新波为这所医院起了一个令人感动的名字——粤秀友好医院，以纪念广东省和映秀镇人民共患难的深厚友谊。大家都认为，这是一个非常美丽的名字，也是有深远意义的名字。“我希望从这里传出汶川灾区重建的第一声锣鼓。”廖新波兴奋地说。

说干就干，廖新波就是这么一个注重效率的人。5月31日，粤秀友好医院正式开工了。虽然没有任何的开工仪式，但就在这天，全国各地的新闻媒体已经向世界宣布：广东省援助的粤秀友好医院正式开工了！廖新波十分欣慰，他的想法如此之快地得到各级政府部门的关心和支持，说明政府是负责任的政府，是高效率的政府！

这天下午，为了配合粤秀友好医院的宣传工作，廖新波接受了一个特殊的采访，这是中央电视台对他进行的一次深度采访，采访地点定在了成都。成都到映秀的公路已经通了，但依然非常

难走。连日来的蒙蒙阴雨让路变得十分泥泞。在路过白花搭桥遗址的时候，廖新波乘坐的面包车三度向近50度的泥坡冲锋，但均告失败。不得已，廖新波只好下来参与推车，合四人之力，好不容易才将车推过了峰顶。

到达成都的时候，已经是16时多了。采访的地点在一个酒店里。廖新波和两位队员走进酒店，他们突然觉得富丽堂皇的大堂似乎十分遥远，连那电梯都备感陌生。一位队员悄悄地说：“我……好像很不习惯一样。”廖新波也有这种感觉。

采访进行得很顺利，时间也很长。这次采访或许是廖新波有生以来最深刻的采访。他动容地讲述了他和队员们在映秀的故事，采访记者竟也听得入神了，没有打断他的述说，说到感动之处，廖新波竟是热泪盈眶。就这样，不知不觉地讲了两个多小时。

采访结束后，他收到了一条短信。那是他妻

子的一位好朋友发来的："新波，你好，自从你赴灾区后，我一直为你担心，牵挂！也不敢打电话给颂平（廖新波妻子）。她就更担心你了！我怕说着会哭起来……我只能上网及在电视上看见你的身影！苏长春（她的丈夫）叫我代向你问候！盼望你早日归来，保重啊！"

看着短信，他又想起了妻子和女儿，已经近一个月没有看见她们了。他的心里充满了愧疚和思念。

从采访的地方出来已经是21时多了。他和另外两名队员拖着饥肠辘辘的身躯，来到了一家火锅店。他们点了一桌子的菜，火锅底料则是红辣椒。廖新波捞起了一块肥牛肉，那肉就像融化在口里一样，刺激的辣味让他的味蕾感到前所未有的舒爽。连日来的疲劳，竟消失得无影无踪。他想，要是在映秀，大家一起吃，那该有多热闹啊！

第二天一大清早，廖新波和队员采购了一些猪肉和瓜菜，就往映秀赶了。一路上，廖新波仿佛回到了20世纪70年代的农村分校。当时，几乎每一个中学在农村都有自己的独立分校，目的是接受贫下中农的再教育，半天学习，半天劳动，学一些农活，也学一些节令和农机知识。他的初中和高中都要去农村分校一个学期，每两个星期集队回一次家。那时确实很好玩，他和他的同学们几乎是排着队列、唱着革命歌曲走十几公里的路回家的。到了星期天的下午，又集队回分校。这时父母总会给他们捎些榨菜、萝卜干、炒黄豆之类的小菜回去。现在回映秀，就是这种感觉。

虽然只是离开了半天，回到映秀营房，廖新波却像离别了很久似的。一看见队员们熟悉而亲切的笑脸，廖新波就忍不住异常兴奋地告诉大家：“我把猪肉买回来了！”这又让帐篷里充满了笑声。

从6月1日开始，廖新波和队员们就忙开了。经过仔细的测算，廖新波提出了粤秀友好医院的规划。

他有两个基本的观点：一是粤秀友好医院不仅要整合医疗和防疫，还要建立和恢复原来卫生院的公共卫生、疾病预防、妇幼保健、健康教育、基本医疗和社区康复“六位一体”的综合服务功能。建设周期可以分两步走：第一步是板房医院，使用周期在3—5年，实现战地医院与卫生院的功能相结合，满足指挥部建100床医院的需要，同时立即将原来卫生院的人员重新调集起来进入常态的运作，尽快达到震前水平；第二步是永久医院，配合映秀总体规划，按照实地的医疗卫生规划，按两万人的服务半径和人群建设，努力超出震前水平。二是马上落实人才培养计划。分两步进行：第一步是利用广东医疗队目前在灾区的医生的优秀资源，实行战地培养；第二步是送到广东进行系统培养。廖新波强调，医院的建设人是最重要的，救灾的医学专家只是暂时的，不可能替代之。

廖新波坚持要把医院建在漩口中学的篮球场上，就是现在广东医疗队的营地上。对这块地，廖新波可谓是“蓄谋已久”。本来指挥部建议所有的医疗队和部队一起，迁入新开辟的宽阔区

域。但那并不便于群众看病，廖新波拒绝了这个建议，他和医疗队员们都愿意留在原地。为了平整地块，廖新波和队员们兼职当起了搬运工，把整个广场清理干净了。

建设医院是一个庞大的工程，从材料的购置到医院功能的设定，其中各种复杂的细节都必须考虑周全。为了争取时间、提高效率，廖新波带领着队员们，一边设计，一边施工，一边布局，一边就诊开业。这几天，他们都处在高强度的工作中。医院的资金由广东省对口支援，活动板房和安装工人、药品和医疗器械都从广州由专车运到映秀。在广东省政府、省卫生厅和当地政府以及医疗指挥部的支持下，各项工作都十分顺利。价值300多万元的医疗设备、建筑材料很快就从广东运了过来，在筹建过程中，各个慈善组织、红十字会也给予了大力的支持，还有一些有公德心、有爱心、有正义感和社会责任感的企业也大方地给予了赞助。

廖新波他们预计，10天之内该医院将完工并配齐设备投入使用。在正常运行后，该院全面移交给地方管理。这将是震中地区正式启动建设的第一所医院。

第八章　胜利凯旋

回到广州，廖新波向省委、省政府汇报了广东省医疗队抗震救灾的工作，他巡回报告的题目是“我带领着一支特别能战斗的队伍”。如今，荣誉与艰辛渐渐隐去，值得欣慰的是，由广东省援建的震后重建第一所医院——粤秀友好医院在1500平方米活动板房中落成了。

1. 踏上归途

6月2日。这天上午，粤秀友好医院的一部分板房已经建起来了。廖新波组织队员们进行了一次大扫除，他和队员们一起清理了原来的旧帐篷，并将设备搬进了活动板房。根据指挥部的指示，这天他们还撤离了直升机停机坪的医疗点，那个医疗点曾经为战士们的身体健康立下了汗马功劳。

这一切停当以后，廖新波终于收到了省卫生厅的指示。省厅要他赶回广州，向省委、省政府汇报有关工作。这个消息传开以后，队员们都有点依依不舍，这批队员和他虽然只相处了短短的几天，但他的踏实、真诚、实干，却让新队员们感觉到了像大哥一样的温暖。

没有告别，也没有更多的繁文缛节。指挥部的领导曾想去送廖新波的，但被廖新波婉拒了。因为指挥部还有许多任务。6月3日，廖新波把一切事情安排妥当后，就坐上了飞往广州的航班。飞机离开跑道，腾空而起。疲惫的他透过舷窗，看着这一片广袤的土地。在这片土地上，勤劳的人们守着自己的希望，追求着幸福的生活。

不一会儿，他就进入了梦乡。不到两个小时，飞机已经抵达新白云机场。他走过长长的过道，到了候机门，这时，他看见了几张熟悉面脸孔：雷于蓝副省长、李捍东副秘书长、姚志彬厅长、黄小玲书记……这一个个熟悉的身影，出

现在他的眼前，而在他们背后，还有各医院的领导，还有不少前队友。

“阿廖，欢迎你回来！”雷副省长热情地说。廖新波站在原地，激动得说不出话来。他想不到会受到如此盛大的欢迎。在这片鲜花和欢呼声中，他紧紧地握着每一位领导的手。那些他和队员们一起奋斗的日子，又浮现在眼前。

回到家里，“爸，你咋变得这么黑了？”女儿一看见自己的父亲变得又黑又瘦，忍不住嘟囔起来。廖新波笑了笑说：“这不正好嘛，省得你老要我减肥。”

“你终于回来了。”妻子也微笑地对他说，廖新波读懂了那目光里的深情，他把妻子和女儿

搂在了怀里。这天，妻子为他做了满满一桌好菜。廖新波看着这满桌子的菜，却想起了在映秀那些要吃没吃、要喝没喝的日子。回到了自己的家，他仍觉得有一点陌生，看不见帐篷，看不见队友，也看不见映秀的山水，他总感觉怅然若失。

妻子怜爱地看着他，不断地给他夹菜。这一天，这一家三口温馨地坐在了一起，廖新波给妻子和女儿讲述在映秀镇的所见所闻，讲述他们救人的故事，讲述他寻找食品的故事，讲述他杀了一头猪的故事，听得妻子和女儿如堕云雾，女儿无论如何也不相信自己的父亲杀了一头猪。

有一位资深教授给廖新波发了这样一条信

息："屡次在电视上看到你率队抗震救灾的场面，虽灾难已过去一段时间，但仍让我感慨不已。因为这是一个检验人的时刻！"

要回忆的事情很多，这短短22天的磨难使这位20世纪50年代出生的人有别一样的感觉，我们可以从他的一篇博客文章里领略一二：

我的小学、中学同学霍凤鸣、赖鸿在我还在映秀的时候给我发来了短信，我激动的泪花溢满了眼眶。霍凤鸣的短信说："新波，《广州日报》登载了省医疗队在川的生活，你杀猪的本领都用上了，还是咱们这些下过乡的人能熬。灾区条件艰苦，多保重。"你说，看了小学同学的这条信息你能不激动吗？因为它很快将我拉回艰苦岁月！赖鸿同学的短信更带点幽默与酸楚："据新华网载：厅座杀猪，向厅级杀手致意，我会向全体老同学通传。杀猪杀屁股，各有各的道，你是杀哪？"赖鸿同学是我们班里的小灵精，小时候也挺喜欢看一些课外书，当然也是调皮的学生之一，"幽默"一词好像还是从他那里学的。现在他从事法律工作，但是杀猪他应该懂的。杀猪杀哪里，我想他不会不知道吧？但是会杀的真的不多，即使你是学人体解剖的。我对他也不示弱："谢谢！最艰险的日子熬过了！我们会越来越好！你忘记在分校的日子了？"确实，在我们那年代，我们到了中学，每年都要到分校学习，接受贫下中农的再教育。如偶得杀猪，我们必定是围个水泄不通，尤其我与赖鸿从小学就寄宿在一个学校，看杀猪的机会也多。

5月25日，有一位与他们共同进入映秀的记者在短信上说：

……映秀这边也得考虑轮换，十几天铁人也得熬出病来。你们注意安全。今天我们头版头条刊登了温总理与广东医疗队员亲切握手的消息，家属都很振奋。

一位地方政府官员说：

波仔“队长”：十天前在电视上见到你的报道，随即发信息致敬，一直不见回音，以为忙之故。后来特别在今晚看《羊城晚报》对你的专访，才知道是通信中断，你们失踪了几天，为灾区人民吃了不少苦，作了重大贡献。对你和医疗队的战友们表示由衷的敬意和感谢！请多保重，祝你们平安归来！

一位市领导说：

非常牵挂你们，为你们骄傲，为你们加油，更祝你们平安。脚伤好些了吗？注意些，你属于大家，牵动着大家的心。我们为你祈祷：好人时刻平安！祝福你与总理握手！我每天都上菠菜园，我们比任何时候都期待有你的消息。凯旋时我们为你洗尘并祝贺！保重！

人民网编辑说：

廖厅，辛苦你们了，广大强博网友很关心你们在前方的情况，看了您的博客得知前方很艰苦，为你们的精神深感敬佩，请您注意安全。我们会全力、尽快将你们的情况向广大关心你们的网友报告！

有一个晚辈写道：

廖叔叔，得知你带领医疗队远赴汶川地震灾区，为灾区人民带去精湛的医术和一颗救灾救难的善心，我将在每一时刻为赶赴灾区的医护人员和灾区的人民祈祷，祝你工作顺利，多保重！

是的，大家都在期盼廖新波和他的队员平安回来，以上的短信只是其中的一些片段，在廖新波的脑海里、电脑里保存着大量珍贵的亲情与问候。

2. 光荣汇报

经过一天的休整，6月5日，廖新波参加了广东省赴川抗震救援前线工作汇报会议。在会上，作为广东医疗队的领队，廖新波向汪洋书记、黄华华省长作了汇报。他汇报的题目是“不辱使命　责任与荣誉同在”，他深深地吸了一口气，用最坚定的声音，开始了他的汇报：

尊敬的汪洋书记、黄华华省长，各位领导：

5月12日14时28分，那一刻不再是一个时间，而是刻在全中国人民心头永远的伤痛；从那一刻起，汶川，也不再是一个地名，而是一次让全世界感动的救援！……5月13日，广东省抗震救灾医疗队肩负着广东省委、省政府和广东人民的重托紧急开赴灾区。在过去的20多天里，医疗队不辱使命，以实际行动体现了汪洋书记、黄华华省长提出的广东形象、广东责任、广东速度，广东医疗救援工作得到了中央领导的充分肯定，得到了省委、省政府和卫生部的高度评价，得到了灾区政府和群众的由衷赞扬。温家宝总理、吴邦国委员长、贾庆林主席、李长春常委，卫生部陈竺部长、高强书记先后亲临医疗队营地，与队员亲切握手，了解医疗队工作生活的情况，以“最优秀”、“最有战斗力”等赞语勉励我们……

在台上，廖新波觉得自己不是一个人在汇报，萦绕在他身边的，是他的所有队友，他们是在一起的。

在巡回报告中，他总是把队员们的事迹放在重要的位置，他的事迹报告题目就是——“我带领着一支特别能战斗的队伍”。

有人说，廖新波的报告很特别，说的是带领一支特别能战斗的队伍，但是只有被他带过的队伍才会感觉他的真诚、执著、正义和爱心。他们就是在这种艰苦的环境下你感染着我，我感染着你，英勇抗震救灾二十余日。在这个非常的日子里，他带领的111名骁将确实是一支经得起考验的队伍。我们可以从他们的党员发展情况看出，111人当中就有34人提出入党申请，并火线加入了中国共产党，其中在映秀的83人中，到换防的时候就有81人是党员。他们对事业的追求，对党的信仰经过了时间和生死的考验。他们深有体会地谈到："位卑不敢忘忧国，在党和人民最需要我们的时候，就是把自己的命豁出去也值得。"

他们的行为也再一次体现出医护工作者的一种崇高的生命观和价值观！

他们忠实地履行自己的职责，他们没有辜负广东父老乡亲的重托，为更多地挽救灾区遇难者的生命，他们忘我工作！医疗队就是代表了政府。及时而有效的巡诊，稳定了当地群众的心，稳定了震后灾区的秩序。

有人问廖新波在这次抗震救灾战斗中感受最深的是什么，廖新波总是说，医护人员的职业精神——救死扶伤的大医精诚！我们可从他的一篇题为"善良是医生的品质"的博文中感悟到——

抗震救灾与抗战救国有什么不同呢？抗战救国是为了不做亡国奴，为了国家的尊严，为了新生活，这点大家一定不会质疑，因为这是政治立场和国家存亡的问题。但是，在抗震救灾过程中，医生们那种不畏艰险，甚至不怕牺牲的精神又是为了什么呢？是为了提升自己的政治地位吗？是为了升职吗？是为了提高自己的技术水平吗？是为了当英雄吗？我想根本犯不着！而事实上，他们个人获得的只是一种经历而已，甚至连晋升也如普通人一样，没有特别的照顾，一切如旧，一切按规定办。

我曾经这样对记者说，可能记者不明白我在问什么：如果是户外拓展活动有多少人可以步行穿越死亡谷？一定没有人冒这个“险”的！余震面前有谁纹丝不动继续对伤员施展手术？一定不多。即使是患者的丈夫，在地震当头时，也会撇下妻子和即将降临的孩子一跑了之。而医生却依然留下，在颤抖中的产房为产妇缝合好切口才走。

有人跟我说，这是人文精神与人文素质，又是“病人的角度”和“哲学的角度”的问题。如果按照“范跑跑”理论，他会认为这丈夫是对的，因为他心目中只有女儿，而即将降临世界的骨肉有“救死扶伤”的医护人员“理所当然”的担当，你医生敢跑我就告你！因此，在这些人的思维中，跑，是心安理得的！但他又如何评价医生的行为呢？医生的生命同样是脆弱的，也与常人一样对死亡恐惧，对生存渴望！我曾经也跟大家讲过一个医生爸爸的故事，当这位医生爸爸在挖埋瓦砾中的学生时，听到自己的女儿就在旁边不远的地方喊：“爸爸，我还活着，救我。”这时候他正在挖人家的孩子，难道停下来去救自己的孩子吗？他是这样想的：人家的孩子的生命同样宝贵呀！当他救完别人的孩子时，他却再也听不到自己女儿的救命声了！你说这医生爸爸思想觉悟很高尚吗？他一直在忏悔着！“听到别人的孩子喊救命，我怎么能见死不救呀！”这就是医生的职业情操呀！

我们经常在提人文精神，尤其在当今医疗行业的自律活动中，人们更想通过人文精神影响我们医疗行业的诊疗行为。说到底，人文精神就是“以人为本”，“以善为本”，尊重人的价值，把人放在最重要的位置。我们的国家，我们的政府在灾难来临的时候，总是把人放在重要的位置，“用百分之百的力量去挽救百分之一的希望”。尊重人的价值，把人放在最重要的位置。这不仅仅是医生的价值观，而且也是患者的价值观。

尊重人的价值体现在什么地方？人身上到底有什么东西是值得我们尊重的呢？中国社科院哲学研究所周国平教授认为每个人有三样东西最有价值：生命，头脑与灵魂。当然，生命是第一重要的！

一个心地善良、学识丰富、品格高贵的人，人文精神在他身上才能得到最好的体现。其实，不管从事什么职业，人文素质都一样重要，教师如此，医生也是如此。生命是人最基本的价值这点医生最清楚。对每一个人来说，生命是最珍贵的，因为生命是人生其他一切价值的前提和基础。周国平教授认为“热爱生命是幸福之本，同情生命是道德之本，敬畏生命是信仰之本”。

现在很多人都在使用、耗费自己的生命，而不是在真正地享受生命，真正享受生命的人，首先是享受健康。医生都是为人们健康服务的，我不是想把医生的职业提到一个很高的地位，而事实上你和我都是这样认为。世界大文豪托尔斯泰说过一句话：“真正的物质幸福不是金钱，对个人来说是健康，对于人类来说是和平。”……作为医生，经常接触很多病人，是离病床最近的人，每天都会面对死亡。医生同样会躺在这病床上，同样在恐惧和痛苦中结束生命。正因为这样，医生更懂得生命的可贵，会对生命产生一种悲悯，对病人最理解的莫过于医生。

所以，我们谈到人文的时候，又会谈到人与人的怜悯之心、恻隐之心。人与人的同情，无非也是生命和生命之间同情，和动物与人的感情不同，它是基于道德基础上的善良和同情。事实上，有时候，我们有些人对人与人之间的同情大于人与动物之间的同情。

作为医生，每天要接触很多病人，太多地看到生命的痛苦，如果多愁善感，生活就会太痛苦。这就如同参加抗震救灾的医护人员，感受另一种悲惨的恶劣情形，但是这种阴影必须马上消除，不然软弱的心肠会影响你的判断力。其实很多时候，当医生看到自己的病人回天无力的时候，心里是很难过的。

…………

台湾医生在《实习医生手记》中写道："作为一个医生，病人是无助的、裸露的、完全不设防的，谁有权利如此坦然地检视另外一个同类的痛苦，我没有这样的权利，我被赋予了，这是我的劫难。我对生命有这么多的苦难而感到悲悯。"

5月22日上午，省委宣传部要广东医疗队推荐一名先进工作者。廖新波认为大家表现都很出色，不同意"任命"，坚决要求全队公推。队员们一致推荐廖新波为先进个人。有队员在日记里写道："就我个人来说，对他的为人处事，从内心上佩服，所以，我毫不犹豫地选他，真是好领导真英雄。"

在荣誉与责任面前，廖新波把责任看得更重些，好几次的评先，他都很淡然对待，但是如果有"亏待"队员，他一定努力为他们争取。他经常把一句话挂在嘴边：队员们确实不容易，在映秀的更是经受了生与死的考验。

3. 梦回映秀

6月8日，已经回来五天了。廖新波打开了队友孙炳刚的博客。孙炳刚是广东省卫生厅医政处主任科员，也是医疗队的成员之一，是廖新波的好搭档。在这次救灾中，他既是联络员，又是后勤，一直默默地支持着医疗队的运作，跑上跑下的，用他自己的话来说，就像是一只“轮子”。在液晶屏幕上，映入廖新波眼帘的，正是“轮子”新贴上去的一篇文章：《梦回映秀》。

从映秀回来已经近十天了，但汶川映秀的印记却难以抹去。或许这种印记在忙碌的时候可以被淡化，被暂时替代，但当静下来，进入没有人、没有事打扰的梦间，这种印记却总在翻腾。所以，我这些天一直梦见映秀那倒塌的楼，那危险的上游的水库，梦见浸了水的帐篷。所以，我这些天一直梦见那些生死与共的队友，患难与共的兄弟姐妹。回到广东，大家各自分散，这些日子来，你们可好？你们终于在床上睡够了吗？你们吃到红烧肉了吗？梦见映秀堰塞湖了，水冲向映秀，大家把帐篷转移到了山顶上，看着奔腾的水，在担心安不安全；梦见大家从营地冲出去，去镇里抢救病人；梦见队员们在倒塌的中学的教学楼里穿梭，与那些学生对话……映秀虽然艰苦，但却很简单，简单到每一个有血性的中国人在那里都会把自己献给抗震救灾。那里，人与人之间也好简单，好亲切，大家为了同一目的来到这里，战斗在一起，所以，不分兵民、不分高低，谁见了

谁，都会热情地打个招呼、点个头、握下手，那是真切的战地情义啊！好想回到映秀，再为那里做些事……

看着这些文字，廖新波感到眼睛湿润了，在映秀镇战斗的情形一下浮现在眼前，廖新波怀念起映秀的山水，怀念其他的那些战友。他只觉得有满腔的话想说，他开始在屏幕上敲着敲着，敲下了这些文字：

轮子你回来了，
我也回来了，
与你一样的感觉，
一样的梦。
活着多好，
简单地活着更好，
因为除了生命，
一切都不是你的！

我今天就回去了，
哪怕是短暂的，
哪怕是那么一个小时！
因为，那是梦的开始！

映秀，一个美丽的名字，
却刻记了悲痛的故事，
那里有抹不去的回忆，
也有生死与共的真情!

生命的轮子无法休止，
情感也无法睡眠!
同床可以同梦，
患难可以同当!

回来了，
很不容易，
鲜花可以掩盖我们的泪水，
却怎能掩埋那无声的悲恸呢?

我们也许被称为英雄，
也许这是当之无愧，
也许你会说我们有点狂，
但是你永远不知道——真的不容易!

我们已经回到过去，
这就是继续努力工作，
珍惜自己的生命!
因为，我们已经英雄过!
行走在裂缝中，
不要轻易说“不”，

也不要轻易说“是”，
你还是你，一只无从休止的轮子，
我还是我，一名永不靠岸的水手！

是的，每个到过映秀镇的队员，都知道这已经不是一次简单的救援，而是一次灵魂的洗涤。廖新波还记得队员、中山大学附属第一医院的石汉平教授说过的话，他说对一个医生来说，参与抗震救灾比在国外进修几年的经历珍贵得多，在国外是学技术，在这里是净化灵魂。

廖新波还将朋友发给他的短信保存在手机里，是的，活着真好。“地震不管你有钱还是没有钱，不管是乞丐还是富豪，汶川的楼板也不知道你的帽子有多高。”虽然是简单的词句，却蕴含了最淳朴的真理。人生在世，追求的无非是价值的体现。而价值并不是用财产的多少、官职的高低来衡量的。廖新波看着台面上的那张全家福，他觉得，活着是真的好，只要能做好本职工作，就已经是很幸福的事情了。

4. 粤秀医院梦成真

6月10日，廖新波又出现在映秀镇。他此行回来的目的是参加粤秀友好医院的开张仪式。

经过短短十天的努力建设，粤秀友好医院矗立在整个映秀镇唯一一块完整的水泥地——漩口中学的篮球场上。这篮球场仅仅使用了三年，却见证了很多难忘的过去。它让廖新波的心情久久不能平静。它记录了抗震救灾的医疗救护的历史，它是广东医疗队最早扎营的地方，是他们坚守时间最长的地方，今天，它也成了粤秀友好医院正式营业的地方！

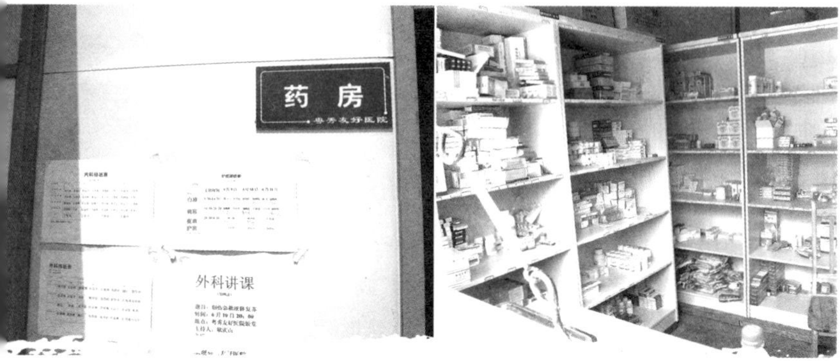

站在医院面前，看着自己的想法变成了现实，廖新波有点不太相信。有些地方建一所医院，可能十年八年都建不起来，但现在这里，仅仅用了十天，就把一所集公共卫生、疾病预防、妇幼保健、健康教育、基本医疗和社区康复“六位一体”、功能齐备的医院建起来了。映秀镇所有的医务人员都已经回到原来的岗位，还有坚持留在这里参与培训的广东医疗队的10名队员。这所医院足以肩负起周边各镇的医疗任务了。

廖新波在医院里面转了一圈。他感到很满意，这个医院还有一个手术室，里面设施齐全，比起成都的医院也毫不逊色，这让当地的医生们也感到特别高兴。

这一天，粤秀友好医院接待病人的能力已经达到震前的水平，廖新波还听到一个可喜的消息，一位怀孕八个月的孕妇要在医院里准备生产了。在开张那天，粤秀友好医院就迎来了它的第一个新生儿，这是否也寓意了什么呢？而在映秀镇，基本上没有中重度伤员，因为重伤员已经运到全国各地，广东省就接待了将近1000名伤病员，这些伤病员已经在陆陆续续的康复当中，很快就可以康复出院了。

医院的开业，也得到了领导们的关注。卫生部的陈副部长还希望粤秀友好医院能成为灾区医疗卫生体系建设的典范。廖新波也希望这种模式能在汶川地区推广开来。

8月6日，由省政府办公厅安排，廖新波陪同雷于蓝副省长护送广东省对口支援四川省汶川县恢复重建工作组赴川。再度踏上这片“阔别”将近两个月的土地，他们一行惊喜地发现：粤秀友

好医院已经成为四川灾区医疗系统建设的典型，“映秀模式”已被推广到附近其他汶川小镇。

映秀附近的漩口镇，建起了漩口卫生院。这个卫生院很有特色：它是由“爱心”社团捐赠的一所帐篷医院。这里的帐篷医院可不是普通的“帐篷”医院——一个帐篷医院由好几个帐篷连接起来，就像一个小型的自由超市，里面各种基本设备都齐全，科室都齐备，还有手术室和空调。可不要小看，这个医院就值40多万美元。当地卫生局官员很自豪地说，单就这个卫生院的硬件就已经超过震前的水平了！

离开漩口后，他们又去了水磨。水磨是珠海市对口支援的镇，雷于蓝副省长与廖新波一行参观了卫生院。水磨卫生院是廖新波离开映秀的时候开始建造的板房医院，环境比映秀的好多了。功能分区比较完整，连病人厕所和职工厕所都有分别，污水处理也比较完善。难怪初建时，中国军事科学院想在这里建一个研究基地。这里的环境可能是最好的，所以吸引珠海的一对男女在这里举行了非常特别的婚礼。雷副省长还兴致勃勃地与这对新婚夫妇合影。

地震的打击是毁灭性的，悲痛是暂时的，人们更应该从悲痛中苏醒，积极投入到家园的建设中！有灾区人民重建家园的美好愿望和决心，有全国人民举国之力的全力支持，汶川一定可以很快地恢复起来的。

5.“我带领着一支特别能战斗的队伍”

6 月12日。

距离汶川地震整整一个月。一个月的时间让人感觉很漫长，廖新波就这么觉得的。这一场世纪大灾难已经过去了一个月。这一个月来，廖新波经历的这一切，仿佛太多太多。他有点不太确定自己的经历。在报章上，有许多关于他的报道，在这一个月里，他是新闻报道里的那个人吗？他翻开了这些报章。映入眼帘的是一篇《在映秀，我只是个“连长”》的文章：

对廖新波的采访被数次中断。总是太忙。廖新波是广东省援川抗震救灾医疗队领队、广东省卫生厅副厅长。在映秀，他自称为“连长”，而广东医疗队的一些队员则带有谢意地戏称他为“屠猪厅长”。

这位卫生官员，带着100余号人的医疗队，摸索4小时，连夜穿过4.5公里生命线，抵达映秀。广东队也由此成为第一支到达震中的医疗队。“连长”本色初显端倪。在物资供应紧张的情况下，廖新波更是亲自上阵，宰杀村民送的猪，为队员改善伙食。

不过，在抗震救灾中，彪悍的“连长”也常

见柔慈心肠。被称为“震中的震中”的汶川县映秀镇及周边115.12平方公里乡村的悲情，受灾群众的伤痛存活，无不牵动着他的心绪。以至于回到广州洁净的办公室后，他还在凝想。“在废墟中发生的那些事、那些人，除了无奈，感情很复杂。我们救了人，还把这支医疗队员安全、一个不少地保存了下来。”他在采访中说。

本报记者曾在映秀数度遇见廖新波。在烈日暴晒及雨水浸蚀下，他脸部及胳膊的皮肤暴裂而黝黑。而医疗队驻扎的地方，距坍塌的漩口中学废墟仅有不到十米的直线距离，数次爆破危楼及余震撼动，以及废墟中散发的刺鼻气味，都没有赶走这位官员及83位医疗先锋队员。同期驻扎映秀的第三军医大学的一位老校长将这支队伍称为“医疗队中的‘铁军’”。

如今，荣誉与艰辛隐去。在队伍换防之际，由广东省援建的震后重建第一所医院在1500平方米活动板房中落成了，映秀百姓很喜欢这个由广东医生命名的“粤秀友好医院”——诗意而简洁的名字……

是的，他总是认为自己是一个“连长”。在他的博客里，网友们都亲切地称呼他为“波子哥”。现在，他才有闲暇上去看网友们给他的留言：

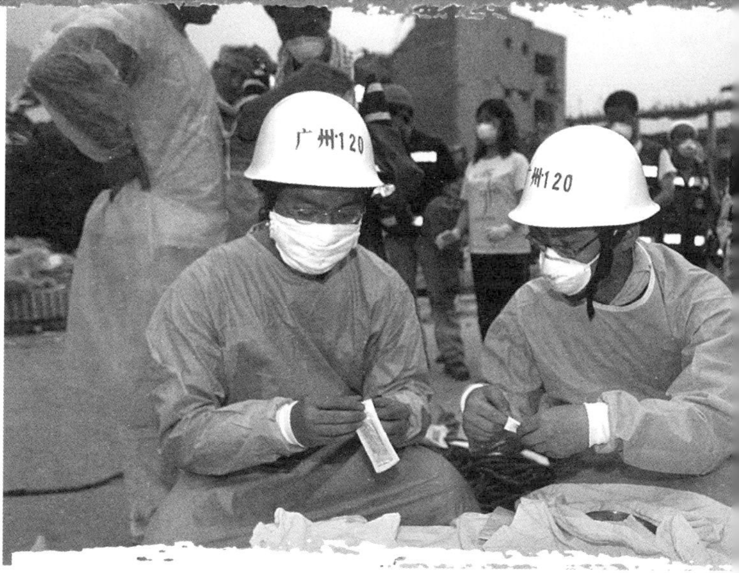

再见波子哥，是27日上午，他刚刚从成都军区总医院出来，探望完虞锦华——一位在废墟中被埋了150小时后被救出、由广东医疗队现场做了截肢手术的病人。

波子哥黑了，是非常的黑，脸上和手臂都在脱皮，他笑称已经是脱第二层了。他瘦了，有一些憔悴。但依然没变的是脸上那灿烂的笑容，有些孩子气的笑容。

我和几位同伴都急切地想知道他们在前线的故事，叽叽喳喳问个不停。波子哥讲起来是那样幽默而诙谐。他说："睡到半夜，突然觉得左边的身子潮湿了，冰凉的，以为是出汗了，反正也困得不得了，翻过身再睡，一会儿，右边也全湿了，早上起来发现枕头和垫子全是湿的，才发现夜雨浸透了帐篷，自己在水里睡了一宿。"他那样笑着，似乎在讲述别人的故事，而我们的心却在流泪。波子哥已经是年过半百的人了，我们心痛！

他说，他们吃的饭菜上都蒙着厚厚的一层灰，喝的粥，喝到最后碗底锅底都是一层砂子——因为直升机频繁起降带来的灰砂，无处可躲……看来波子哥是饿坏了，食量很大，吃得很香。我们都看着他吃，感觉是一种享受！服务员上来一钵汤，他居然说怎么这么少，可能不够！我们全都大声笑起来：就四个人，能喝多少啊？他们在映秀用的都是100多人吃饭的大锅，这个钵看来是太小了。

由于波子哥要急着赶回映秀，我们只好匆匆作别！其实他讲述了很多很多动人的故事，但他的口气是平静的，全然不像一个刚刚走过死亡谷的英雄，没有豪言壮语，甚至连一丝感慨都波澜不惊，让我们只能在细细回味时才突然感觉辛酸、心痛和感动！

这一段段留言，就像清泉一样流入了廖新波的心里。是的，廖新波现在可以确定的是，这一个月很可能是自己人生中最有意义的一个月。这时，他提笔写下了一行字：我带领着一支特别能战斗的队伍……

6. 医疗队长和阿坝州委书记的信

2008年6月10日，在粤秀友好医院落成之际，广东省医疗队队长廖新波给阿坝州委书记侍俊写了一封信。

侍俊书记：

今天，正当我们的设计者在灾后的映秀镇重新描绘新映秀蓝图之际，我们的“粤秀友好医院”率先开业了，可贺可庆！它续写了广东省人民与映秀人民共同抗震救灾的友谊之歌！这是落实中共中央6月5日政治局会议“对口支援，一省帮一重灾县”的号召的重要举措，由此揭开了广东省对口支援汶川的一个美好的序幕！

“粤秀友好医院”的开业，得到广东省委、省政府和阿坝州委、州政府的大力支持，广东省红十字会和广东省卫生厅筹集了200万元投入到医院的建设，广州市政府和广州文创板房公司积极配合和加班加点的辛勤劳动，还有社会各界的慷慨解囊相助，所有的这些都凝聚了社会各界的爱心，也体现了我们都有一颗中国心！随着“粤秀友好医院”的建设和发展，这些动人的事迹将载入历史史册！

“5·12”汶川大地震，震撼了全世界！广东医疗队在省委、省政府的号召下，在地震发生不到20小时内，组织了6支医疗队111人，不到30小时就踏上抗震救灾的艰险路途。实际上，我们在震后不到两天的5月14日就在紫坪铺水库两岸开展救治伤病员工作了。

经过乘坐冲锋舟强渡紫坪湖，勇闯死亡谷，夜宿乱石滩，5月15日，我们主力部队83人会师漩口中学的篮球场，一直坚守到现在，历经28天！

一到映秀，我们即刻融入阿坝州抗震救灾总指挥部的医疗队伍，服从指挥部的统一领导，积极抢救伤病员，出色地完成了现场抢救、门诊和巡诊工作，也出色完成了耿达的医疗任务。我们的努力，得到州委、州政府和抗震救灾总指挥部的高度评价，也得到多位中央领导人的高度评价！每次领导人到访，您都毫不吝啬地介绍说：这是广东省卫生厅的廖厅长……使我们很受感动！

今天，我本来期望可以见到您一面，以表达我对您的敬重！我率队入川的日子里，我看到了一个坚强和充满信心的男子——您，我由衷感动了！我知道您责任重大，肩负中共中央的委托和总书记的信任，但是，就在您身旁我却不能帮您什么，心里很感内疚。

您忙，今天我们不能相见道别，也好，我们期待见面的那一天！

“粤秀友好医院”的第一阶段建设工作基本完成，在您的支持和理解下，我们医院边设计、边施工、边布局、边筹办、边应诊，最终得以如期开业。这是两地人民谱写的又一支胜利之歌！

地震是毁灭性的，悲痛是暂时的！我们应该从悲痛中苏醒，积极投入家园的建设！我深信，有灾区人民重建家园的美好愿望和决心，有全国人民举国之力的全力支持，梦想将很快成为现实！

也请灾区人民放心，中共中央政治局委员、广东省委书记汪洋已经为灾区的重建做好长期的打算了，包括节省行政开支等来积极筹集资金，广东省政府对口支援的计划很快会实现，我们对映秀和汶川的医疗卫生体系的重建是充满信心的！

广东人民期望着粤秀友好医院越来越好！

希望我们的明天会更好！

您的战友——广东省卫生厅　廖新波

2008年6月10日 粤秀友好医院开业之日

2008年7月1日，在建党87周年之际，廖新波收到了侍俊书记的回信。

尊敬的廖厅长，亲爱的战友：

听说您已经暂时离开映秀返粤，我为没能参加粤秀友好医院的开业仪式，特别是没能亲自为您饯行，深感遗憾和歉意。正当我州上下集中精力推动加快发展、全力以赴促进和谐稳定的关键时刻，“5·12”汶川特大地震突如其来，震撼了神州，震惊了世界。此次大地震是新中国成立以来破坏性最强、波及范围最广、救灾难度最大的一次地震。地处震中的我州受灾深重，全州13个县215个乡镇受灾，受灾人口达69.3万人；因地震死亡2万多人，失踪7000多人，受伤4万多人；大量房屋倒塌，基础设施严重损毁，发展的存量基础被摧毁，地震灾害给我州造成的总直接经济损失达1823亿元，我州进入了建国以来最危急、最严峻、最困难的时期。

面对突如其来的巨大灾难，全州各级党委快速反应、一线指挥，各基层党组织紧急动员、迅即行动，广大共产党员挺身而出、冲锋在前，灾区干部群众临危不惧、奋起自救，同心协力谱写了我州抗震救灾的不屈颂歌。

灾情发生以后，我们得到了党中央、国务院，省委、省政府的亲切关怀，得到了社会各界的无私援助。特别是在我们抢险救援最关键、最困难、最需要专业抢险救援和医疗队伍的时候，您带着广东省委、省政府和广东人民对阿坝灾区群众的浓浓情意和嘱托，亲率广东医疗队，冒着生命危险，于5月15日抵达震中映秀并迅速投入到抢险救援之中。

在整个抢险救援过程中，作为阿坝州抗震救灾指挥部总指挥，我和州里的各级干部群众亲眼目睹了您和您的团队为灾区人民所作的无私奉献。当时的映秀物资极度匮乏，条件极其艰苦，您和您的队员没有给指挥部提过任何要求，一切困难自己克服。当时的灾区，有太多人需要救治，不管任务有多艰巨，您和您的队员总是主动请缨，勇挑重担：当时的汶川，由于交通断绝，许多乡、许多村成为一个个“孤岛”，大量群众被困，大量伤员急需药品和救治，您和您的队员，不分男女，总是背着药品，冒着危险，分成若干小队，或步行，或机降，深入一个个“孤岛”，为被困群众带去了生的希望……帐篷医院里、手术台前、废墟危楼旁、崎岖山路上、被困群众中，到处都有你们忙碌的身影，到处都有蓝色和绿色相间的马甲在闪耀，到处都有广东医疗队的旗帜在飘扬。正是因为有了你们不懈的努力，一个个鲜活的生命得到挽救，一个个生命的奇迹得以创造，你们的功绩将永载史册。尊敬的廖厅长，亲爱的战友，您和您的队员在这次抗震救灾中所表现出的英勇无畏、无私奉献、救死扶伤的精神，高超的医疗技术，高尚的品德以及你们对阿坝灾区人民血浓于水的感情和无边大爱将永远铭记在阿坝州各级干部和87万藏、羌、回、汉各族群众的心中。

并肩战斗的时间虽短，但战火中结下的深厚情谊将永不褪色。共同抢险救灾只是开始，活动板房和粤秀友好医院的建设已经拉开了广东省对口援助汶川县灾后重建的序幕。“广东人民和阿坝人民心手相连”，阿坝人民将永远感激。

“5・12”特大地震虽然夺去了我们的亲人，

摧毁了我们的家园，但勤劳、勇敢、善良、纯朴的阿坝人民将昂起倔强的头，挺起不屈的脊梁，擦干眼泪，团结一致，艰苦奋斗，自强不息，在党中央、国务院的亲切关怀下，在省委、省政府的正确领导下，在广东省委、省政府，广东人民以及社会各界的大力支持下，重建更加美丽、更加富裕、更加和谐的新阿坝。

尊敬的廖厅长，亲爱的战友，请允许我再次代表阿坝州委、州人大、州政府、州政协以及全州各族干部群众，向您及广东医疗队的全体队员致以最崇高的敬意和衷心的感谢，并通过你们向一直关心、帮助、支持阿坝灾区的广东人民表示衷心的感谢。

作为阿坝州人民永远的朋友，我们真诚地欢迎您及广东医疗队的全体同仁，随时回阿坝州来看看，也恳请你们继续关心、关注、帮助阿坝州的重建。最后，祝您身体健康，工作顺利，扎西德勒，纳吉纳鲁!

您的战友——阿坝州委侍俊

2008年7月1日建党87周年之际

第九章　重回映秀

映秀，是“蓝马甲”心中放不下的爱。

2009年1月19日，廖新波再次带领6个支队推举出的14名医疗队员，穿过大雾弥漫的蜀道，回到这片阔别大半年的土地——“重走映秀路，再温抗震情”，给寒冬中的灾区送去了一股暖流……

广东医疗队员回到广东后，最令他们牵挂的还是映秀。

尽管队员陆续从映秀返回了南粤大地，重新回到自己的岗位，但“蓝马甲”们对映秀的牵挂却与日俱增。队员孙炳刚的博文《梦回映秀》表达了队员们的心境，引发了无数网民的唏嘘。在近一年的时间里，“废墟上的蓝马甲”的故事感动了无数国人。

回来的日子平静而不平淡。队员们都分别受到不同等级的表彰。在鲜花和掌声中，他们深深地知道，自己只是为震区救灾做了自己应该做的事，这是组织上给予他们机会。他们更揪心的是映秀那里的灾后医疗和重建工作。

转眼就到了2009年了，凛冽的寒风中，春节的脚步越来越近。在天灾悲恸与经济危机的双重袭击中，四川地震灾区的兄弟姐妹，能否顺利过冬？震后的第一个春节，又将是怎样的况味？

1月18日，廖新波再次带领6个支队推举出的14名医疗队员，穿过大雾弥漫的蜀道，回到这片阔别大半年的土地——“重走映秀路，再温抗震情”。

1. 雾锁成都，映秀路难行

蜀道难走，古人已有记载。广东医疗队自2008年5月13日晚上起，历经几次走蜀道，没有一次是“一马平川”，顺顺利利的；崎岖、艰险和曲折，与不确定总是交织在一起。

2008年8月6日，廖新波等随同雷于蓝副省长带领的广东援川工作组进川。那一天，所有在汶川支援的广东医疗队集合在映秀，等待与新的援川工作组见面。谁知道，就在离映秀咫尺之遥的10公里处，突如其来的泥石流将道路堵死，援川工作组不得不折返。也就是这一次映秀之行遇阻，给雷副省长留下永久的遗憾。对她来说，映秀救灾的那些日子让她最揪心。在“蓝马甲”与广东失去联系的日子里，她一直惦记着，有了信号的时候，她每天至少发两条信息问候。所以，映秀在她的脑海里，留下了太多的牵挂……

2009年1月18日天还没有亮，重回映秀的队员们就早早起身了。为了能在下午赶到映秀，队员们凌晨四五点钟起床赶往机场，搭乘8时起飞的班机先到成都，然后立即向映秀挺进。同行的还有南方日报社、广东电视台的记者和给这次重回映秀予以支持的四川科伦药业集团的工作人员。四川科伦集团总裁刘革新给这次活动极大支持。这次的飞机没有2008年去抗震救灾的专机大，但是大家的心情是一样的兴奋，因为很快就可以看到日夜牵挂的映秀了。当大家正在昏睡中想象着映秀和粤秀友好医院现在怎么了的时候，突然机上响起广播："飞机上有一位重病人，有医生吗？"廖新波猛然从遐想中跳醒过来说："有。飞机上有一间医院，粤秀医院。"机上的人投来诧异的眼光。是的，他们没有戏弄乘务员，飞机上有粤秀医院的筹办者，他们都是来自大医院的专家，在抗震救灾过程中为汶川建起了第一间灾区医院——粤秀友好医院。广东医疗队的队员去看过病人后，回来笑了，原来这"重病人"并不是什么重病，只是得了急性角膜炎。1万多米的高空，意外地闪现着"蓝马甲"的身影。

岁末闯映秀，重雾罩双流。虽然没有余震的恐惧，却平添几分神秘莫测，一切都在不确定之中。18日上午10时，飞机徐徐在双流机场降落，突然间又一个紧急的拉升，太恐怖了！随即机上广播“由于双流机场大雾，飞机改飞重庆……”的信息。大家感觉到飞机试图“强行”降落未遂，才“迫降”重庆。这样折腾了6小时后，大家才到达依然迷雾袅绕的成都。

一切都在不确定之中，“蓝马甲”们只好在成都过一夜。

第二天，雾更大了，整个成都成了名副其实的“雾都”。据司机说，虽然成都冬天以雾著称，但是多年来也没有见过这么大的雾。难怪古蜀将太阳神鸟奉为神，以乞求万物赖以生存的阳光！这天，成都所有的高速公路封闭了，机场封闭了，车辆像老牛似的蠕行。从成都到映秀虽然只有短短的106公里，这天大家从在上午8时出发，到映秀已经是12时多了！

到了紫坪铺大坝，当时强渡紫坪铺的情景又一幕幕涌现在“蓝马甲”们的脑海里：如何分装行李，如何取舍物品，如何抢救伤员，如何分组渡江……

到了阿坝铝厂，队员们弃车徒步而行。当时夜闯生死谷的画面又展现在大家眼前。这里除了冬日长满干枯的野草之外，与当时的情景一模一样。有一位第三批的队员戏笑说：“我真怀疑当时你们是不是从这里走过来的。”是的，也不知道当时哪里来的干劲与勇气，也不敢想象当时是什么力量在推动着他们勇往直前。

昨天，满怀悲伤，肩负重任；今天，带着希望，轻装而行。看着繁忙的公路，热火朝天的工地，越走近映秀，越领略到灾区的建设热潮……

2. 创伤背后，美丽的映秀

终于进入了映秀。首先映入眼帘的是一块巨大的飞来石，石头上刻记着：“5•12 震中映秀”。 这块纪念石的后面曾经是荒芜的乱石滩，也曾经是堆满等待输送重伤员的临时停机坪，现在取而代之的是井井有条的村民生活区，虽然说是临时的板房，但也看到灾区村民幸福的景象：在这条新铺的国道上，运送节日物品的汽车川流不息，板房集市人头攒动，热腾腾的豆花，还有

花生、糖果、腊肠、春联等，琳琅满目，传统的春节气氛与顽强的生活毅力相伴相生。

看望粤秀友好医院是广东医疗队队员们渴望已久的愿望，远远看到“映秀镇卫生院”鲜红色的牌坊，队员们心都快跳出来了。与欢迎人员一一握手、热情的嘘寒问暖之后，队员们最急切的是寻找自己战斗过的地方，寻找当时的窝棚，当时的帐篷。当时全镇唯一没有受地震影响的篮球场——这块与广东医疗队生死与共、结下不解之缘的营地——完全被新建的板房医院代替了！这个板房医院是汶川大地震之后最早恢复常态、功能齐全的镇级卫生院，受到卫生部陈竺部长的高度赞扬，曾经是灾区卫生院重建的模范。

还有令人感动的一幕是，映秀镇卫生院医护人员拿到最新版的《废墟上的蓝马甲》，就迫不及待阅读起来；映秀镇卫生院院长代表医院接纳了此书读者们的爱心捐献。

要重访的地方很多，曾经在瓦砾中的映秀小学、映秀电厂、商铺、村庄已经开始清理，那种惨烈的画面逐渐被崭新的屋宇代替，一个新映秀即将诞生！

映秀大道是在广东医疗队原营地前唯一保存尚好的大道，也是运送遇难者尸体的必经之路。如今，一个崭新的蓝色指示牌指向这条其实不宽不长的小镇马路，这条马路如今成为新旧两个世界的分界线：西边是漩口中学和老镇的废墟；东边是以前救灾飞机起降的河滩，现在已成为3000名群众的临时生活板房区。

如今的映秀，一切都在从头开始，大建设即将展开。如果今天不去看看，旧的、破碎的映秀的真实场景将很难再映入你的眼帘，而你今后看到的仅是一张张定格的历史照片。漩口中学废墟前面就是映秀镇卫生院，负责对口援建的东莞援川医疗卫生队就在这里。虽然目前没有“救灾”任务，但是灾后的防疫工作依然很艰苦：推土机将瓦砾掀起，一股恶臭扑面而来，队员们每天戴上厚口罩、背上消毒箱，步行去清理废墟，消杀防疫。他们最近两个月已经清理掩埋了二十几具遗体。由于防疫任务还很重，他们春节都得在这里过！

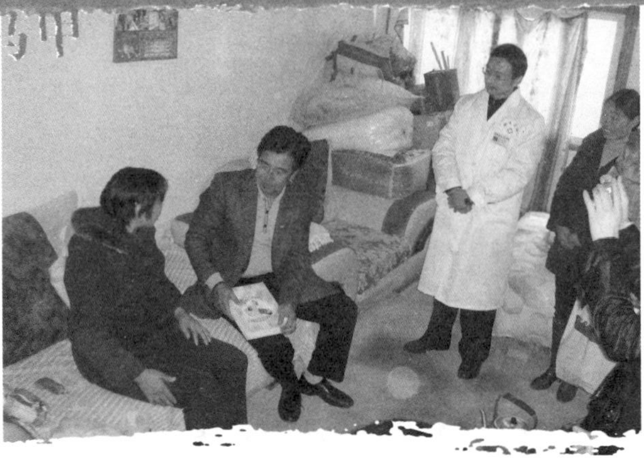

映秀镇卫生院的对面就是新的映秀小学和密集的板房区，生活区里整洁有序，像一个画出来的社会主义新农村。家家户户都有取暖设备，通了电视。穿行在生活区里，你会看见穿着整齐、漂亮的小朋友们在板房前的空地里欢乐地玩耍着，你会听到电视声、笑声、歌声不时从板房里飘逸出来，农户们已准备好了过冬的衣物、棉褥。

如果不看倒塌的旧屋村和破碎的大山，你真的看不出这是灾区，还以为是一个开发区。生活区里有一条初具规模的集市区，货品琳琅满目，生意还不错。目前最紧俏的还是拜祭的香烛纸钱和年货。年关到了，灾区群众没能忘记失去的亲人，更要过好自己今后的日子。

映秀，是一个美丽的小镇，连它村庄的名字也很美，枫香树村、渔子溪村、老街村等，何尝不是一个个优美的川中景点呢？这些村庄多在半山，广东医疗队当时就在这些山村巡诊，送医送药。现在，这些村庄只留下美丽的名字和幸存的村民，一切都在重新规划之中。在渔子溪村的半山就是汶川“5•12”特大地震遇难者公墓。当时医疗队员们看到一具具遇难者的尸体经过营地前，抬上这半山坡掩埋。在一排排未经修葺的坟茔下，长眠着3000多名男女老少。老乡说，每天都有不少的人来这里拜祭，香烛曳曳，鞭炮声声。他们祈祷逝者安息，生者安康！

3.“治川，我们带你回来了！”

广东医疗队此次“重走映秀路，再温抗震情”，带来了他们的广东抗震救灾医疗队战友林治川的骨灰。他们按照逝去战友的遗嘱，让他长眠在他战斗过的映秀大地。

“治川，我们带你回来了，安息吧！你代替我们永远地守护这片曾经与我们生息与共的土地吧。”大家默语着，悲痛的哭声从两位小个子护士崔淑曼、李少玲这里传开去，大家哭泣着……

林治川是广医一院的麻醉科医师，是“5·12”震后第一批到达映秀的医疗队员，2008年10月3日在惠州因车祸去世，年仅37岁，留下当护士的妻子和读小学一年级的儿子。按照他的遗愿，

队员们把他的骨灰撒在这片他战斗过的地方。治川是广东医疗队的好兄弟，当时与廖新波一起寻找口粮，让医疗队度过了最艰难的日子。廖新波感叹万分，为治川的名字而骄傲，因为“川”代表了广东111名首批抗震医疗队队员。“川”，三枝香一直在保佑着大家！可惜，可惜啊！没想到余震泥石流没伤到他，却这么突然就去了……

队员们还记得，2008年10月9日是治川的告别日，廖新波没有办法赶去参加。因为他正带着非常特别的心情参加广东省汶川工作考察组为期4天的考察。

头一天，他怀着极其痛惜的心情告知队员们：“接省府命，我明天9时乘机赴汶川，无法参加治川的告别会，心感郁闷！唯为治川送上一花篮，祈他在九泉之下护佑我们每一位队员！”

队员们即刻回道：“明白您的心情，放心吧！我们会替您送好治川他最后一程的。”

队员徐鑫即席有感而发：

蜀山粤水相忘难，一夜永隔情何堪！

音容笑貌犹心中，泪痛相和送治川！

廖新波虽然没能参加林治川的告别，但他在博客里写下了自己的心声——

治川，你走了，你却给我们留下难以磨灭的印记！这个印记永远铭刻在我们心中，永远留在永不褪色的蓝马甲上！

治川，我不能前来向您三鞠躬，我不能多看您一眼，请您原谅。这是因为我又在接受新的任务，我在继续完成您和我们的未竟事业，我今天向着我们战斗过的地方走去是为了实现我们的更大的目标。其实，这也是到那里，告慰天地：治川和你的相约无法实现了，他不能回来了，他叫我来告诉你们，治川是你们的好儿女！治川的工作有我们在完成！

林治川去世的消息令许多网民感动，是因为他身上的广东抗震救灾医疗队的“蓝马甲精神”所引发的心灵共鸣。

广东医疗队还在渔子溪村偶遇了来探访村民的汶川县县委书记青理东。他听说是广东医疗队的队员前来时，热情地握着队员们的手，向大家道谢，并向大家介绍了映秀的规划和未来。他说，2009年将请知名设计专家设计映秀的规划蓝图，还要在这里建个地震博物馆，一切都会好起来的！队员们听了，心头涌上一股热流。

离开映秀的路上，医疗队的车辆突然被一位70多岁的老太太拦住。原来是队员余艳在映秀抢救过并在广州医治康复的映秀老人。老人手中沉重的蛇皮袋里的四川腊肉传递出灾区群众对广东医疗队的一片深情！

廖新波眼睛湿润着说：“我们今后每年都要回映秀来看看。”

是的，映秀是“蓝马甲”心中放不下的爱；“蓝马甲”们还会回来，大家一定会用心灵来守护着这里的一切！

附录1：广东省抗震救灾医疗队队员名单

姓名	单位	性别	职务（职称）	到达地点
廖新波	广东省卫生厅	男	副厅长 领队	映秀
孙炳刚	广东省卫生厅	男	主任科员 联络员	映秀
徐如祥	南方医科大学珠江医院	男	外科主任医师 副领队	映秀 耿达
昌耘冰	广东省人民医院	男	外科副主任医师	映秀 耿达
林永新	暨南大学附属第一医院	男	外科主治医师	映秀 耿达
余振华	中山一院	男	神经外科主治医师	映秀 耿达
李　强	南方医科大学珠江医院	男	外科副主任医师	映秀 耿达
林荔军	南方医科大学珠江医院	男	外科主治医师	映秀 耿达
陈志光	广州市红十字会医院	男	外科主治医师	映秀 耿达
陈　蓟	深圳市人民医院	男	外科副主任医师	映秀 耿达
孙孟彪	深圳市北京大学深圳医院	男	麻醉科副主任医师	映秀 耿达
陈　盛	广东省人民医院	男	外科副主任医师	映秀
曾少健	广东省人民医院	男	外科副主任医师	映秀
贲晓松	广东省人民医院	男	外科主治医师	映秀
金勋杰	广东省第二人民医院	男	外科副主任医师	映秀
江奕恒	广东省第二人民医院	男	外科副主任医师	映秀
刘　宁	暨南大学附属第一医院	男	外科主治医师	映秀
孔　畅	广东省中医院	男	外科副主任医师	映秀
李　想	广东省中医院	男	外科主治医师	映秀
肖建斌	广东省中医院	男	麻醉副主任医师	映秀
季　刚	广东省中医院	男	麻醉主治医师	映秀
邹丽娟	广东省人民医院	女	手术护师	映秀
马　萍	广东省人民医院	女	手术护师	映秀

贺立辉	广东省人民医院	女	外科护士	映秀
刘小民	广东省人民医院	女	外科护士	映秀
容　英	广东省第二人民医院	女	ICU护士	映秀
汤　娜	广东省第二人民医院	女	急诊护士	映秀
李　平	中山一院	男	骨科副教授	映秀
胡俊勇	中山一院	男	骨科副教授	映秀
杨子波	中山一院	男	骨科主治医师	映秀
林世清	中山一院	男	麻醉科主治医师	映秀
梁安静	中山二院	男	骨科主治医师	映秀
唐　勇	中山二院	男	骨科主治医师	映秀
彭书崚	中山二院	男	麻醉科主任医师	映秀
史德海	中山三院	男	骨外科主治医师	映秀
宋炎成	中山三院	男	骨外科主治医师	映秀
蔡松旺	中山三院	男	胸外科医师	映秀
李建军	中山六院	男	普外科副主任医师	映秀
蔡瑞君	南方医科大学南方医院	男	外科副主任医师	映秀
陈建庭	南方医科大学南方医院	男	外科主任医师	映秀
余　斌	南方医科大学南方医院	男	外科主任医师	映秀
杨建成	南方医科大学珠江医院	男	外科副主任医师	映秀
余　艳	南方医科大学珠江医院	女	胸外护师	映秀
麦雪霞	南方医科大学珠江医院	女	急诊护士	映秀
骆曦图	广州医学院第三附属医院	男	外科主治医师	映秀
徐　鑫	广州医学院第一附属医院	男	外科主治医师	映秀
王　文	广州市红十字会医院	男	外科副主任医师	映秀
李俊龙	广州市第十二人民医院	男	外科主治医师	映秀
胡汉生	广州医学院第三附属医院	男	外科主治医师	映秀
戈　涛	广州市第一人民医院	男	外科主治医师	映秀

鞠洪斌	广州市第一人民医院	男	外科主治医师	映秀
苏　健	广州市第一人民医院	男	麻醉主治医生	映秀
林治川	广州医学院第一附属医院	男	麻醉主治医师	映秀
张　茂	广州市胸科医院	女	外科护师	映秀
许庆敏	广州市胸科医院	女	外科主管护师	映秀
李少玲	广州市中医院	女	急诊科护师	映秀
崔淑曼	广州市中医院	女	急诊科护师	映秀
周汉新	深圳市人民医院	男	主任医师	映秀
刘洪涛	深圳市人民医院	男	外科副主任医师	映秀
杜　冬	深圳市人民医院	男	手外科副主任医师	映秀
陈建良	深圳市人民医院	男	外科主任医师	映秀
杨欣建	深圳市第二人民医院	男	外科主任医师	映秀
周文钰	深圳市第二人民医院	男	外科主治医师	映秀
丁　强	深圳市第二人民医院	男	外科副主任医师	映秀
惠　刚	深圳市北京大学深圳医院	男	外科	映秀
曹国庆	深圳平乐骨伤科医院	男	外科主治医师	映秀
马伟文	深圳市南山区人民医院	男	麻醉科主任医师	映秀
杨爱杰	深圳市人民医院	女	手术室主管护师	映秀
卢　杰	深圳市第二人民医院	男	急诊科护士	映秀
卢琳琳	深圳市北京大学深圳医院	女	急诊科护师	映秀
叶　俊	佛山市一医院	男	外科主治医师	映秀
邱华耀	佛山市中医院	男	外科主治医师	映秀
陈　超	佛山市中医院	男	外科主治医师	映秀
刘学东	佛山市二医院	男	外科副主任医师	映秀
王卫东	顺德区第一人民医院	男	外科主任医师	映秀
张伟山	顺德区第一人民医院	男	麻醉主治医师	映秀
罗永立	顺德中西医医院	男	外科主治医师	映秀

彭美荣	顺德中西医医院	女	外科主管护师	映秀	
韩晓敏	南海区人民医院	女	护理护师	映秀	
陈　旭	南海区人民医院	男	外科副主任医师	映秀	
王学明	禅城区中心医院	男	骨外主任医师	映秀	
黎东红	三水人民医院	女	手术护师	映秀	
黄瑞良	高明区人民医院	男	骨科副主任医师	映秀	
鲁凯伍	南方医科大学南方医院	男	外科副主任医师	成都	水磨
任高宏	南方医科大学南方医院	男	外科副主任医师	成都	水磨
张庆国	南方医科大学珠江医院	男	麻醉主治医师	成都	水磨
周小悦	南方医科大学南方医院	女	外科护师	成都	水磨
冯　茜	南方医科大学南方医院	女	手术护师	成都	水磨
梁小玲	中山一院	女	外科护士	成都	
陈洁春	中山一院	女	手术室护理师	成都	
骆少文	中山二院	女	胸外科护士	成都	
陈晓卿	中山二院	女	手术室护士	成都	
陈　昕	中山三院	女	急诊主管护师	成都	
陈元芝	中山三院	女	手术室护师	成都	
李夏林	南方医科大学珠江医院	男	外科医师	成都	
唐建军	南方医科大学南方医院	男	麻醉科主治医生	成都	
张春华	南方医科大学南方医院	女	手术护师	成都	
杨又专	南方医科大学珠江医院	女	普外护士	成都	
毛之奇	广州医学院第二附属医院	男	外科主治医师	成都	
胡海澜	广州医学院第二附属医院	男	外科主治医师	成都	
刘洪涛	广州市胸科医院	女	外科护师	成都	
高　恒	广州市中医院	女	急诊科护师	成都	
刘　铮	深圳市北京大学深圳医院	男	外科主任医师	成都	
欧竹君	深圳市人民医院	女	外科主管护师	成都	

于　从	深圳市第二人民医院	女	外科主管护师	成都
罗清平	深圳市北京大学深圳医院	女	妇产科主管护师	成都
周俊明	佛山市一医院	男	外科副主任	成都
邓艳桃	顺德桂洲医院	女	外科护师	成都
刘茂东	南海区人民医院	男	麻醉主治医师	成都
区梅芬	南海区保健院	女	护理护师	成都
卢洁妍	佛山市中医院三水分院	女	外科主管护师	成都

“重走映秀路　再温抗震情”人员名单

姓名	单位	性别
廖新波	广东省卫生厅	男
孙炳刚	广东省卫生厅	男
林永新	暨南大学附属第一医院	男
陈盛	广东省人民医院	男
陈建庭	南方医科大学南方医院	男
余艳	南方医科大学珠江医院	女
杨爱杰	深圳市人民医院	女
韩晓敏	南海区人民医院	女
陈超	佛山市中医院	男
邱华耀	佛山市中医院	男
胡俊勇	中山一院	男
崔淑曼	广州市中医院	女
李少玲	广州市中医院	女
王卫东	广东省人民医院	男

附录2：本书出版后的社会反响

1. 灾区党委来函

（1）中共成都市委宣传部来函

南方日报出版社：

近日，我部一名同志偶然读到贵社出版的《废墟上的蓝马甲——廖新波和广东医疗队的汶川传奇》（以下简称《蓝马甲》），立即被书中真实、生动、令人震撼的故事和像小说一样的精彩叙事打动。随即，在这位同志的推荐下，《蓝马甲》在我部迅速传阅，感动也在短时间迅速蔓延。

《蓝马甲》用朴实、记叙式的文字记录了汶川特大地震发生后，广东省卫生厅副厅长廖新波迅速带领111名医务人员组成的医疗队奔赴灾区，冒死挺进“生命孤岛”耿达建立医疗点，建立粤秀友好医院，展开生死救援，克服万般艰难并顺利完成援救工作的传奇故事。

这是一部用生命和心灵写就的纪实之作。每一次阅读，都会被它真实、细腻的笔触带回到那让人惊心动魄的生死瞬间，体味生命、人性的伟大和光辉。仿佛自己也是廖新波们中的一员，身着蓝马甲，穿梭废墟间，与时间赛跑，与死神搏斗。这是一支了不起的队伍，他们徒手背负医疗器械和药物，于5月14日晚成功穿越通往映秀的“死亡之路”，成为第一支进入重灾区映秀的地方医疗队，成功为被埋150小时的虞锦华实施高位截肢手术，先后救治、转送轻重病人3500余名，创造了一个个生命奇迹。“杀猪厅长”的睿智与负责，多人分享一碗方便面的温馨，共同经历死神降临的团结，医疗队员主动请缨挺进“生命孤岛”耿达的壮怀，以及那一封封“生死遗言”的感人至深，都是这群平时的白衣天使、战时的“医疗铁军”之生动写照。

作为“5·12”大地震灾难的亲历者，阅读本书，可一直提醒我们自己，要对廖新波他们这样来自世界各地的人们，永远心怀感恩。再次感谢贵社以独特视角，及时推出这样一本真实记录地震灾难中的医生群体行动的读物。

此函。

中共成都市委宣传部

2008年9月10日

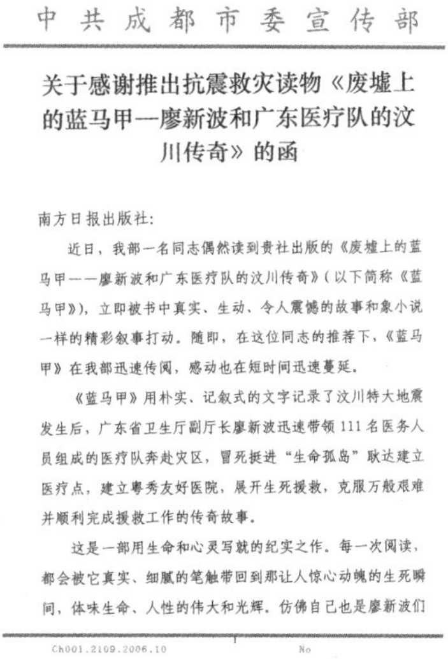

中 共 成 都 市 委 宣 传 部

关于感谢推出抗震救灾读物《废墟上的蓝马甲—廖新波和广东医疗队的汶川传奇》的函

南方日报出版社:

近日，我部一名同志偶然读到贵社出版的《废墟上的蓝马甲——廖新波和广东医疗队的汶川传奇》(以下简称《蓝马甲》)，立即被书中真实、生动、令人震憾的故事和象小说一样的精彩叙事打动。随即，在这位同志的推荐下，《蓝马甲》在我部迅速传阅，感动也在短时间迅速蔓延。

《蓝马甲》用朴实、记叙式的文字记录了汶川特大地震发生后，广东省卫生厅副厅长廖新波迅速带领111名医务人员组成的医疗队奔赴灾区，冒死挺进“生命孤岛”耿达建立医疗点，建立粤秀友好医院，展开生死援救，克服万般艰难并顺利完成援救工作的传奇故事。

这是一部用生命和心灵写就的纪实之作。每一次阅读，都会被它真实、细腻的笔触带回到那让人惊心动魄的生死瞬间，体味生命、人性的伟大和光辉。仿佛自己也是廖新波们

1

Ch001.2109.2006.10　No

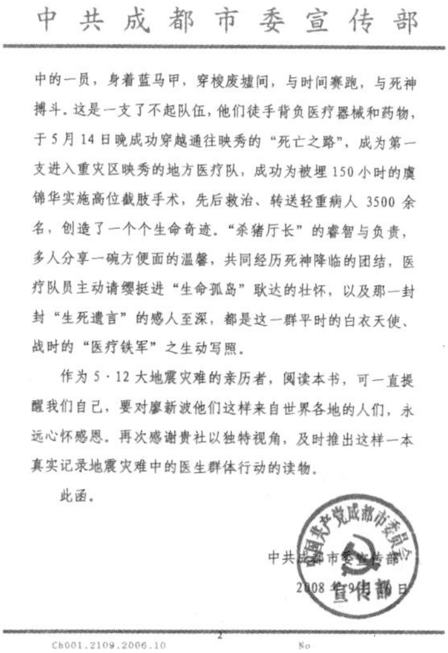

中 共 成 都 市 委 宣 传 部

中的一员，身着蓝马甲，穿梭废墟间，与时间赛跑，与死神搏斗。这是一支了不起队伍，他们徒手背负医疗器械和药物，于5月14日晚成功穿越通往映秀的“死亡之路”，成为第一支进入重灾区映秀的地方医疗队，成功为被埋150小时的虞锦华实施高位截肢手术，先后救治、转送轻重病人3500余名，创造了一个个生命奇迹。“杀猪厅长”的睿智与负责，多人分享一碗方便面的温馨，共同经历死神降临的团结，医疗队员主动请缨挺进“生命孤岛”耿达的壮怀，以及那一封封“生死遗言”的感人至深，都是这一群平时的白衣天使、战时的“医疗铁军”之生动写照。

作为5·12大地震灾难的亲历者，阅读本书，可一直提醒我们自己，要对廖新波他们这样来自世界各地的人们，永远心怀感恩。再次感谢贵社以独特视角，及时推出这样一本真实记录地震灾难中的医生群体行动的读物。

此函。

中共成都市委宣传部

2008年9月　日

2

Ch001.2109.2006.10　No

（2）中共阿坝州委书记来信

尊敬的廖厅长：

您好！

近日，收到您馈赠的《废墟上的蓝马甲》一书，虽然甚是繁忙，但仍连夜拜读，书中真实记录的生动情节感人肺腑，医护人员忙碌的蓝色身影映入眼帘，往日并肩战斗的生死场景历历在目。我的战友，真诚感谢您和您的医护团队，为我州抗救灾抢险救人工作做出的重大贡献。

《废墟上的蓝马甲》一书，真实记录了广东省医疗卫生队在阿坝地震灾区抢险救人的动人场景，真切展现了广东各族人民群众对受灾地区同胞无私援助的人间大爱，真情反映了中华大地各族儿女在空前灾难面前团结互助的伟大精神，是一篇动人心魄、醉人心扉的生动华章，是一本感人肺腑、催人奋进的励志好书。

尊敬的廖厅长，亲爱的战友，衷心感谢您对阿坝灾后恢复重建的高度关注，衷心祝愿您及您的医护团队，身体健康，工作顺利，扎西德勒，纳吉纳禄！

中共阿坝州委　侍俊

2008年9月26日

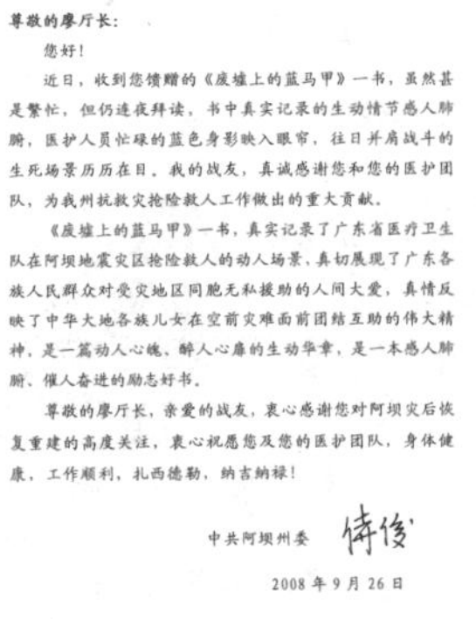

尊敬的廖厅长：

您好！

近日，收到您馈赠的《废墟上的蓝马甲》一书，虽然甚是繁忙，但仍连夜拜读，书中真实记录的生动情节感人肺腑，医护人员忙碌的蓝色身影映入眼帘，往日并肩战斗的生死场景历历在目。我的战友，真诚感谢您和您的医护团队，为我州抗救灾抢险救人工作做出的重大贡献。

《废墟上的蓝马甲》一书，真实记录了广东省医疗卫生队在阿坝地震灾区抢险救人的动人场景，真切展现了广东各族人民群众对受灾地区同胞无私援助的人间大爱，真情反映了中华大地各族儿女在空前灾难面前团结互助的伟大精神，是一篇动人心魄、醉人心扉的生动华章，是一本感人肺腑、催人奋进的励志好书。

尊敬的廖厅长，亲爱的战友，衷心感谢您对阿坝灾后恢复重建的高度关注，衷心祝愿您及您的医护团队，身体健康，工作顺利，扎西德勒，纳吉纳禄！

中共阿坝州委　侍俊

2008年9月26日

2. 钟南山院士来信

作为一名老医生，在汶川地震之后，我与全国观众一样一直在关注着前方的救援情况，也曾经涌现一种热情期望前往与医护人员一起战斗。在那令人揪心的日子里，尤其是信息中断的前几天，我除了提出一些建议之外，就是与我的家人坐在电视机旁，关注着廖新波带领的111名广东医疗队员在前方工作与生活情况。当他们杰出的表现得到中央领导同志高度评价之后，我由衷感到欣慰和鼓舞，他们确实如同吴邦国委员长所赞扬的“广东医疗队是一支特别能战斗的队伍”。

当汶川大地震发生100天的时候，我读到了《废墟上的蓝马甲》。开始，我觉得很惊讶，这么快就有一本描写广东医疗队的书了（这可是我出于心底的期盼！）。惊讶之余，我翻开书，一行金色的字呈现在眼前：“一本值得你用心灵去阅读的书”。这几个字很快地把我带入其中。

书写得很流畅，图文并茂，活龙活现地展现广东医疗队的表现，使人情感起伏，使人亲临其境！书中的情节之细腻，使人好像就看到主人翁和他的战友们在废墟上进行救援和自救：仿佛看到他们在狭窄的洞口上下传递着盐水、刀剪，熟练地操作着；仿佛也感觉到他们被腐臭难闻的气味熏得透不过气来，濒死般地瘫痪在地上；仿佛听到他们在冰凉溪水旁嘹亮的歌声；仿佛也感觉到睡在冰凉的地板上与大地共震；当然也看到他们面对恶劣环境的乐观精神！

他们是可爱的！他们是可敬的！他们是新时代的英雄！他们用自己的行动诠释了人生价值的所在，也用他们的行动感动了中国！我说过医生是伟大的，并不是因为我自己是医生，因为他们在包括非典在内历次重大灾害出现时，都有我们医护人员表现出他们职业的特点，他们的无私是用行动表现出来。难能可贵的是这本《废墟上的蓝马甲》将这种精神呈现在了读者面前，而且是如此淋漓尽致！

南方日报出版社及时地将广东医疗队的报告文学编辑出版，《废墟上的蓝马甲》翔实地记载了医疗队的救灾过程，看似平凡却是伟大，“蓝马甲精神”对促进社会和谐、尊重生命起了很大作用。这是一本值得推荐给全社会阅读的书！

中国医学会 会长
中国工程院 院士 钟南山

2008年10月10日

3. 媒体报道

《废墟上的蓝马甲》：首支援川医疗队抗震救灾

“读了新出版的报告文学《废墟上的蓝马甲》，深切感受到广东援川医疗队在抗震救灾工作中的突出表现和百折不挠的精神，深切感受到抗震救灾军民生死大营救的英勇悲壮和13亿中国人民守护家园的爱国热情和民族精神！”这是新浪网友谢玉翎一段发自肺腑的感言。记者了解到，南方日报出版社的《废墟上的蓝马甲》甫露羊城即引起极大反响。该书首印1万册，8月18日面市以来已销售7800本。

汶川大地震后，广东省卫生厅副厅长廖新波带领111名医护人员，第一时间赶到了汶川。广东医疗队成为第一支进入地震灾区的外省市医疗队。这支“蓝马甲”医疗队勇闯死亡谷，强渡紫坪铺水库，冒着生命危险，徒步挺进映秀。他们不畏艰苦，不辱使命，日以继夜地战斗在抗震救灾的第一线，其间发生了无数可歌可泣的感人故事。温家宝总理、吴邦国委员长、贾庆林主席、李长春常委以及卫生部部长陈竺和书记高强都曾先后亲临广东医疗队营地，与队员亲切握手，了解医疗队工作生活的情况，并高度评价他们的无私奉献，当地政府和百姓更是称之为“铁军”。6月初，经历了22天的生死救援，队员们安全地返回了广州。他们的事迹被广东媒体陆续报道出来，廖新波个人博客中有关医疗队赴川救灾的记载也得到众多网友的关注和参与，且反响强烈。

南方报业传媒集团副总编辑、南方日报出版社社长丘克军决意立即策划一本关于这支医疗队故事的图书，他亲自布置第三编辑室主任担任此书的责编，要求以最快的速度高质量地出版好这本书。该社邀请中山大学文学博士担任作者，廖新波亲自对初稿反复核对细节，反复斟酌修改。7月28日，经过一个月的写作与修改，五编三校，终于脱稿。丘克军又三遍通读书稿后，为该书写了名为《在这里，读懂人生价值》的序。8月2日开始下厂印刷，一周后便印出了新书。

《废墟上的蓝马甲》的出版引起医疗界的高度重视，成都地奥集团和广东一力药业集团已经各自购买了1000册，表示将此书作为人生观教育读本发放给员工。该书在广州购书中心上市当天很快卖出20多本。丘克军在采访中对记者说，汶川大地震之后，一本本饱含出版人的感情与心血的“全记录”、“记忆”、“诗集”等纷纷面世，唯独缺少那些真实、细腻地描写抗震救灾队伍工作与生活的读物。《废墟上的蓝马甲》是一本可以像读小说一样一口气读下去的书，因为它的情节像小说一样跌宕起伏，它的内容又是那样真实感人，而书中大量的现场图片，又让人有一种身临其境的感受，是“一本值得用心灵去阅读的书”。

（中国新闻出版网2008年9月3日）

“蓝马甲精神”与制度的力量

震撼人心的2008抗震救灾创造了很多感人形象，其中之一就是穿“蓝马甲”的医疗队。救死扶伤的医疗队的形象从来就是和“白衣天使”联系在一起的，怎么穿起了施工人员常穿的“蓝马甲”？《废墟上的蓝马甲——廖新波和广东医疗队的汶川传奇》解释说，这是因为在震后灾区的救援环境复杂，而且医疗队需要不分昼夜地出动，传统的白色大衣根本不适合，于是广东医疗救援队就在部队的迷彩服外面披上蓝马甲，在背后印上“广东卫生应急”字样，马甲上的黄色荧光在晚上可以显示“蓝马甲在行动”，有利于救援行动的展开。

经过五六月间各种媒体特别是电视媒体对抗震救灾的全天候报道，人们对部队官兵、医护人员、当地军民、各方志愿者付出的艰辛已经多有感知，不过，现在读这本图文并茂的《废墟上的蓝马甲》，仍然会为这支蓝马甲队伍的舍命突击、以苦为乐和仁心仁术而深深感动。这场地震，唤起了全国民众对灾区同胞和国家自然而浓烈的感情；在直接投入抗震救灾斗争的各个领域的英雄们那里，这种感情有更为强烈的表达。不妨说，抗震斗争的挑战，激发出了广东医疗救援队一种“蓝马甲精神”；这种精神，不仅仅是一种简单的人性（人性有善有恶），而是有着值得深入理解的历史内涵。

这支蓝马甲队伍非常清楚自己要做什么，而且非常勇猛地担当重任。他们是全国最早开赴地震灾区的地方医疗队，从灾难发生到集结出发，他们花费的时间是30个小时；到了灾区之后，他们与时间赛跑，步行穿越从都江堰到映秀镇那条著名的“死亡之路”，抵达映秀即投入救援；他们还着眼长远，6月初即开始在震中地区率先建设第一家医院（粤秀友好医院）。这支队伍有很强的专业能力，也特别能吃苦。他们在废墟里成功地实施了职业生涯中最艰难的手术；他们在“生命孤岛”耿达乡坚守救护，好些人还写下了悲壮的遗书；在抵达映秀之后曾有将近一周的时间补给不畅，这群男男女女忍受了物资的匮乏和极度的不便。这支队伍的贡献受到了多位国家领导人的肯定和赞扬。

这支队伍能有这种担当，能有这么强的战斗力，很难说只是因为他们有一种白衣天使的职业伦理，如果只是有专业精神，或许他们都不会在这个时节前往映秀；也很难仅仅把他们看作一般的志愿者，因为他们在极短时间糅合来自不同地区的陌生人，却有很强的组织力，这不是一般志愿者队伍能拥有的能力。是的，毫无疑问他们有专业精神，也有爱心有良知，从担任队长的广东省卫生厅副厅长廖新波到来自基层的队员都有一个共识：这不是一次简单的救援，而是一次灵魂的洗涤。但是，我们需要继续追问，是什么让他们如此强劲有力？

从书中的各种细节来看，这其实是一种制度习惯。如果说对同胞和国家的自然感情激发了全国民众在危难之时的凝聚力，那么，这种存在于执政党和政府日常运作中的制度习惯，为这支蓝马甲队伍的战斗力提供了最为重要的基础。或许，长久以来人们更多地注重于反思我们的制度缺失，思考如何进行制度改革，而较少关注在我们已有的制度传统中是否蕴藏着非常可观的能量。著名经济学家张五常最近几年喜欢说，从今天中国的成功，可以看出中国有着世界上最好的制度。这个说法并不是胡言乱语，30年的持续成功总得有它成功的原因。抗震救灾这样的重大挑战，逼出的就是在制度中潜藏着的人们习焉不察的一套有效的机制。

《废墟上的蓝马甲》描述了一位很有时代感、很有个性的队长——廖新波副厅长。廖新波的博客“医生哥 波子”曾位列人民网2006年十大责任博客，2007年十大名博，经常就医疗改革和医院管理等问题与网友交流；在率队出发去灾区之前，还有不少网友给他留言勉励。在灾区的艰苦日子里，他和队员们相处无间，常常身先士卒，甚至操刀杀猪，为大家解决伙食问题。就在他跃然纸上的个性里，我们并不难发现领导亲自深入基层下火线的制度习惯。在此次抗震救灾过程中，这类现象绝非偶见，比如部队先遣队挺进汶川，军长冲在最前面，又比如唐家山堰塞湖抢险，也是多位首长督阵，撤离时上将、中将断后。这一从革命战争年代即已养成的制度习惯，对于士气提振和组织力提升的决定性意义不言而喻。从这个意义上说，抗震救灾一个非常重要的影响，就是锤炼了新型的官民关系，既有新时代的个性，又承继了制度习惯和传统。

另一个值得注意的制度习惯是“一方有难，八方支援”。目前非政府组织、社会力量的确应该大力发展，也应该在救灾等事务中发挥更大的作用，不过，政府在国家和社会运转中的顶梁柱地位无可取代，如何更好更有效地发挥政府的作用，是更为重要的事情。此次抗震救灾，如果没有“一方有难，八方支援”的既有网络和制度习惯，很难有如此快速的反应速度和调度能力。广东医疗救援队快速勇猛的表现，是这个全国一盘棋的网络中的一个闪亮节点，是这一制度体系良好运转的一个表征。

广东医疗救援队在这个夏天的艰苦锻炼中造就的“蓝马甲精神”，在勇于任事、乐观豁达、既能吃苦又有专长的时代个性的背后，还有着往往因为一种这个时代流行的不自信而为人们忽略了的制度习惯。这种制度习惯在今天的重要性还远远没有得到社会舆论应有的重视，如果没有这些制度习惯，也就难有“蓝马甲精神”的组织力和战斗力。

（《21世纪经济报道》2008年9月15日）

《废墟上的蓝马甲》情暖映秀

“读者每购买一本《废墟上的蓝马甲》，将为汶川粤秀友好医院捐献一元钱”，为了兑现图书出版时的承诺，南方报业传媒集团党委副书记朱正红、副总编辑丘克军随着当时第一批进入灾区的广东抗震救灾医疗队的14名队员“重走映秀路”，将13000名读者的爱心传递给映秀镇卫生院的医护人员，同时送去的还有《废墟上的蓝马甲》和《21世纪商业评论》、《南方人物周刊》、《城市画报》等南方报业传媒集团出版的一批图书和系列杂志。医护人员一拿到《废墟上的蓝马甲》就迫不及待地阅读起来。

《废墟上的蓝马甲》一书出版后，受到了上级部门的高度评价和广大读者的热捧。中宣部、中共成都市委宣传部、中共阿坝州委给予了高度评价。此书出版后4个月内进行了3次印刷。

（《南方日报》2009年1月22日）

《废墟上的蓝马甲》获中华优秀出版物特别奖

第二届中华优秀出版物颁奖大会日前在北京举行。南方日报出版社出版的《废墟上的蓝马甲——廖新波和广东医疗队的汶川传奇》荣获第二届中华优秀出版物奖特别奖。

震惊世界的"5•12"四川汶川大地震发生后，广东医疗队第一时间奔赴灾区，成为第一支进入地震灾区的外省医疗队。该书以生动感人的笔触，详细记录了广东医疗队抗震救灾的全过程，再现了广东医疗队的汶川传奇，展现了医务工作者无私的大爱和高尚的精神。

据悉，此书出版后4个月内进行了3次印刷，在读者当中产生了广泛影响。为了兑现图书出版时"凡每卖出一本书就为汶川粤秀友好医院捐献一元钱"的承诺，今年春节前夕，南方日报出版社还派人随当时第一批进入灾区的广东抗震救灾医疗队其中的14名队员"重走映秀路"，将该书13000名读者的爱心传递给映秀镇卫生院的医护人员。《废墟上的蓝马甲》一书出版后，受到了上级部门的高度评价和广大读者的热捧。中宣部、中共成都市委宣传部、中共阿坝州委给予了高度评价。

中华优秀出版物奖是与"五个一工程"奖、"中国出版政府奖"并列的出版界三大奖项之一，两年评选一次。

（《南方日报》2009年3月26日）

链接:

1.《废墟上的蓝马甲》出版发行

（《南方日报》2008年8月15日A07版）

2.《废墟上的蓝马甲》出版发行

（《南方都市报》2008年8月15日A33版）

3. 不确定的22天

（《南方都市报》2008年8月17日B20版）

4. 一本值得用心灵去阅读的书

（《南方日报》2008年8月19日B04版）

5. 廖新波出书　“粉丝团”壮大

（《南方都市报》2008年8月22日A38版）

6. 报告文学实录首支援川医疗队抗震救灾

（《中国新闻出版报》2008年8月28日04版）

7.《废墟上的蓝马甲》书写大爱

（《羊城晚报》2008年8月30日A2版）

8.《废墟上的蓝马甲》出版发行

（新华网广州2008年9月11日电）

9.《汶川抗震救灾医疗惊险抢险瞬间》

（新浪网读书频道·人文历史）

10.《废墟上的蓝马甲》获出版大奖

（《南方都市报》2009年3月26日）

4. 读者热议

卫生部办公厅毛群安主任一口气看完了《废墟上的蓝马甲》，感触至深，高度评价此书，并强烈建议以该书为蓝本，拍一部反映广东医疗队救援故事的电视连续剧。

南方报业传媒集团副总编辑、南方日报出版社社长丘克军认为《废墟上的蓝马甲》一书是“一本值得用心灵去阅读的书”，“它的情节像小说一样跌宕起伏，它的内容又是那样真实感人，而书中大量的现场图片，又让人有一种身临其境的感受”。

广东海关的一名领导感慨该书的“故事很平凡很真实，也很感人，我看第二次的时候还是流着泪看的！我想，在这个吃快餐的时代，能有一本感动人心灵的书，确实不这么容易”。

新浪网友谢玉翎感叹：“读了新出版的报告文学《废墟上的蓝马甲》，深切感受到广东援川医疗队在抗震救灾工作中的突出表现和百折不挠的精神，深切感受到抗震救灾军民生死大营救的英勇悲壮和13亿中国人民守护家园的爱国热情和民族精神！”

同是医务工作者的新浪网友黑牡丹动情地写道：“在风雨飞翔的鸟才是勇敢的，顶着困难前进的人更有出息……我也是医务工作者，曾参加过治疗血吸虫病医疗队、抗洪救灾医疗队。在流逝的岁月里，我回忆了医疗队的艰苦，所以我很佩服医生哥波子，亲临地震其境。作为一个官员以平民百姓身份，在抗震救灾工作中的突出表现和百折不挠的精神，实在令人可敬、令人鼓舞。”

新浪网友明丽心情写道：“相信所有人都会为之感动。凡是去过的人回来以后都会有一种特别的宁静心态。我们也要记住，至今仍有很多的援建人员在一线，他们同样危险，同样艰苦，并且将继续艰苦。”

新浪网友棣华何大夫：“好书！捧着带有墨香温热的新书，我为其所感动！大医精诚、救死扶伤、舍己为人、功德至伟。向波子哥致敬！向我们广东医疗队的一拨好汉致敬。”

人民网网友咪眼看人间读完此书后，马上在廖新波的博客上留言：“向所有白衣天使学习致敬！ 还有我们大家一直敬佩喜欢的波子哥医生，听说你带队到了一线，一直在关注你惦记着你，因为你是我们博友心中的一位为老百姓办实事，说真话的好领导，祝好人一生平安！”

广东医疗队的队员们看完此书说：“一口气读完此书，虽然亲身经历，还是一样的令人感动，三个月前的汶川地震仍历历在目，终生难忘。该书有新意，值得用心阅读！尤其在细节上更催人奋发和泪下！”

新浪网友梅花欢喜漫天雪留言：“这段时间，一直在读广东医疗队的汶川故事，这几天，也一直在品《废墟上的蓝马甲》一书。感动，不仅仅是因为医疗队队员在汶川的大勇大义；感动，还因为他们都有着很朴素的思想、高尚的灵魂。这本书带给我们的绝不仅仅是感动，还有思考，是在生死历炼中带来的思考。书中的语言很朴实，没有更多的文字渲染，但不少地方却能深深地打动读者的心灵。”

C护士长把《废墟上的蓝马甲》一口气读了好几遍：“太感人了！朴实的字眼，真实感人的画面无一不让人感到崇高与伟大！我会一辈子用心灵去读这本书。”

不少中学生在阅读此书后深受感动，他们纷纷用稚嫩的文字写下了自己的感想：

“我的心再次接受了洗礼。旧日的四川，今日的废墟；昨天的平安，今天的灾难。这次的不幸，永远不能被人所忘记。它深深触动我们身上的每一条神经，使我们认识到生命的可贵、生命的短暂和生命的脆弱。”

“我在想着，那些平日里坐在空调房子里给病人看病的医生、专家，如何背着沉重的包裹走过崎岖，翻越‘死亡之谷’？那应该是一种怎样的艰辛？我想，他们那个时候心里所想的，一定是一个个沉重的生命。拯救生命，那是他们的责任吧，他们，主动把这份责任担在肩上，并且成为他们力量的源泉。向他们致敬！”

“这一刻，所有中国人的心凝聚在了一起，想一想，那些废墟上弥漫的腐朽有多骇人！不过，来自四面八方的爱心如潮水一样如期而至！那一行111人的队伍，带去的就是生命的奇迹。为这一切而感动！”